16	3	2	13
5	10	11	8
9	6	7	12
4	15	14	1

Coleção LESTE

Mikhail Bulgákov

ANOTAÇÕES DE UM JOVEM MÉDICO

e outras narrativas

Tradução, prefácio e notas
Érika Batista

Posfácio
Efim Etkind

editora 34

EDITORA 34

Editora 34 Ltda.

Rua Hungria, 592 Jardim Europa CEP 01455-000

São Paulo - SP Brasil Tel/Fax (11) 3811-6777 www.editora34.com.br

Copyright © Editora 34 Ltda., 2020
Tradução © Érika Batista, 2020
Posfácio © Efim Etkind, 1984

A FOTOCÓPIA DE QUALQUER FOLHA DESTE LIVRO É ILEGAL E CONFIGURA UMA
APROPRIAÇÃO INDEVIDA DOS DIREITOS INTELECTUAIS E PATRIMONIAIS DO AUTOR.

A Editora 34 agradece a Elke Liebs por autorizar
a reprodução do ensaio de Efim Etkind neste volume.

Título original:
Zápiski iúnogo vratchá

Imagem da capa:
Mikhail Bulgákov em Kíev, 1916

Capa, projeto gráfico e editoração eletrônica:
Bracher & Malta Produção Gráfica

Revisão:
Danilo Hora, Beatriz de Freitas Moreira

1ª Edição - 2020 (2ª Reimpressão - 2022)

CIP - Brasil. Catalogação-na-Fonte
(Sindicato Nacional dos Editores de Livros, RJ, Brasil)

	Bulgákov, Mikhail, 1891-1940
B724a	Anotações de um jovem médico
	e outras narrativas / Mikhail Bulgákov;
	tradução, prefácio e notas de Érika Batista;
	posfácio de Efim Etkind. — São Paulo: Editora 34,
	2020 (1ª Edição).
	216 p. (Coleção Leste)

Tradução de: Zápiski iúnogo vratchá

ISBN 978-65-5525-027-5

1. Literatura russa. I. Batista, Érika.
II. Etkind, Efim (1918-1999). III. Título.
IV. Série.

CDD - 891.73

ANOTAÇÕES DE UM JOVEM MÉDICO
e outras narrativas

Prefácio, *Érika Batista* 7

ANOTAÇÕES DE UM JOVEM MÉDICO
A toalha com um galo 17
A estreia obstétrica 34
Garganta de aço 46
Tempestade de neve 58
A praga das trevas 75
O olho desaparecido 88
Exantema estrelado 106

MORFINA
Capítulo 1 127
Capítulo 2 131
Capítulo 3 138
Capítulo 4 143
Capítulo 5 172

EU MATEI
Eu matei 175

Posfácio, *Efim Etkind* 193

Sobre o autor 213
Sobre a tradutora 215

PREFÁCIO

Érika Batista

Antes de tentar ganhar seu pão usando a pena, Mikhail Bulgákov o fazia com o estetoscópio e o bisturi. Os contos reunidos no presente volume marcam sua transição entre os dois ofícios, que pode ter surpreendido os colegas de faculdade,[1] mas pela qual hoje são gratas diversas gerações de leitores.

Graduado em 1916 na Universidade de Kíev, o jovem ucraniano foi apontado para assumir o posto de médico rural no povoado de Nikólskoie, um lugarejo parado no tempo, localizado a cerca de 250 km de Moscou. Após clinicar por aproximadamente um ano ali, foi transferido para o hospital urbano de Viázma. A transferência não trouxe grande agitação à vida social do jovem acostumado às capitais: mesmo nos dias de hoje a provinciana Viázma conta com pouco mais de cinquenta mil habitantes.

O tédio do ermo parece ter empurrado Bulgákov para o caminho das letras, pois foi ainda em Viázma que ele come-

---

[1] Segundo Marietta Tchudakuva, doutora em Filologia e presidente da Fundação Bulgákov, o médico ucraniano E. B. Bukreiev, que se formou com o escritor na universidade, lhe disse numa entrevista que a carreira literária de Bulgákov foi, para seus colegas de classe, "uma completa surpresa... Ele não revelava nenhuma aptidão especial..." (em M. A. Bulgákov, *Um coração de cachorro. A vida do senhor de Molière. Novelas. Contos* [*Sobátchie sêrdtse. Jízn gospodína de Moliéra. Pôvesti. Rasskázy*], Moscou, Eksmo, 2015, p. 9).

çou a rascunhar o ciclo de contos *Anotações de um jovem médico* e o romance *A doença (Nedúg)*. Posteriormente abandonado, esse romance teve suas ideias retrabalhadas e se transformou na obra "Morfina".

O Bulgákov desse período ainda não é o mestre da sátira e daquela espécie de realismo fantástico que marcam sua escrita desde o início e encontram o ápice em sua obra-prima, *O mestre e Margarida*. Todavia, como sói acontecer nas obras iniciais dos grandes escritores, seus temas e elementos preferidos já acenam dos relatos do esculápio.

A fantasia ainda está confinada a alguns sonhos e delírios — recursos que marcam presença na maioria das obras posteriores do autor. Também é característico que esses delírios por vezes provenham de um estado doentio e que coloquem dúvidas no personagem sobre sua própria estabilidade mental.

Destaca-se, ainda, a natureza tragicômica de quase todos os contos da coletânea, num agridoce típico de Bulgákov com que depois ele viria a temperar *Os ovos fatais*, *Um coração de cachorro*, *Diabolíada*, *O mestre e Margarida* e várias outras histórias.

Acima de tudo, porém, é o elemento autobiográfico que une os contos desta coletânea, entre si e com todo o restante da obra do médico-escritor. Se no futuro ele repisaria lá e cá os dramas de um escritor debatendo-se com a censura, nas histórias ora apresentadas ao público Bulgákov retrata suas desventuras como médico.

No ciclo de contos *Anotações de um jovem médico* — obra em que o esforço foi menor para separar o narrador--protagonista do autor —, tamanha é a aproximação com a realidade que até o nome do médico que antecedeu o protagonista no posto rural foi mantido. Leopold Leopôldovitch, antecessor de Bulgákov no hospital de Nikólskoie, de fato provera o nosocômio com um equipamento de ponta para a época e uma excelente biblioteca, exatamente como narrado em "A toalha com um galo".

O relato de Tatiana Láppa, primeira esposa de Bulgákov, que o acompanhou ao campo na época, revela vários outros detalhes dos contos que foram extraídos diretamente da rotina do autor, a começar pela chegada do jovem médico ao hospital:

"Havia uma lama horrível. Levamos o dia todo percorrendo as quarenta verstas. A Nikólskoie chegamos tarde, e ninguém, é claro, veio nos receber. Lá havia uma casa de dois andares para os médicos. Essa casa estava fechada; o enfermeiro veio, trouxe as chaves e foi mostrando: 'eis a casa de vocês'. [...] No andar de cima havia um quarto, um gabinete; no andar de baixo, uma copa e uma cozinha. Nós ocupamos os dois cômodos, começamos a nos acomodar. E na primeiríssima noite trouxeram uma parturiente! Fui para o hospital com Mikhail. A parturiente estava na sala de operação; dores terríveis, claro; a criança estava na posição errada. Eu vi a parturiente, ela perdeu a consciência. Fiquei sentada à parte, procurando as passagens necessárias no manual de medicina, e Mikhail se afastava da mulher, olhava, me dizia 'Abra na página tal!'. E o marido dela disse, quando a trouxe: 'Se ela morrer, você também não vai viver: eu te mato'. E continuaram a ameaçá-lo assim o tempo todo, depois. Nos próximos dias, começaram a trazer pacientes, de início poucos, depois até cem pessoas por dia..."[2]

[2] Entrevista de Tatiana Láppa a Marietta Tchudakova, em M. A. Bulgákov, *op. cit.*, p. 18.

Já em "Morfina" e "Eu matei", talvez em razão dos temas mais pesados, Bulgákov fez questão de descolar um pouco seu *alter ego* dos acontecimentos narrados, criando outros protagonistas para as histórias e relegando ao doutor Bomgard o papel de narrador ou mero ouvinte.

Nem por isso essas obras deixam de ser ricas em detalhes autobiográficos. Bulgákov lutou contra um vício grave em morfina, que usou pela primeira vez para tratar uma difteria contraída durante a realização de uma traqueotomia — a mesma do conto "Garganta de aço". Sua primeira esposa serviu de modelo para a personagem Anna, e suas discussões com Poliakov e suas tentativas de diminuir as doses injetadas e substituí-las por placebo espelham o que realmente ocorreu, segundo relatos de Tatiana. Foi com esse procedimento astuto, a propósito, que ela salvou a vida de Bulgákov e o ajudou a superar o vício.

Muitas das ocorrências da história e das impressões do doutor Poliakov foram extraídas da vida do autor com exatidão, e até coincidência de datas. No período de 1917 em que Poliakov se interna numa clínica de recuperação em Moscou, acabando por testemunhar a turbulência da Revolução, Bulgákov esteve de fato na capital russa, embora não se saiba se chegou a ser internado.

A tenebrosa experiência do morfinismo deixou impressões tão fortes na vida do escritor que ele só veio a publicar "Morfina" em 1927, a despeito de ter concebido o projeto muito antes. A razão da demora pode ser extraída das palavras do doutor Bomgard, no último capítulo: "Agora que se passaram dez anos, a pena e o medo provocados pelas anotações se foram".

O conceito de *Anotações de um jovem médico* tem origem em um tema menos sensível, o que talvez tenha impedido o autor de incluir "Morfina" no ciclo, a despeito de concernir ao mesmo período. Sabe-se que o autor tinha planos

— que não chegou a executar — de publicar as *Anotações* num único volume, presumivelmente inspirado pelo sucesso imediato de *Anotações de um médico* (*Zápiski vratchá*, 1901), do médico e escritor Vikéntii Veressáiev, muito admirado por Bulgákov. Quando saíram nos periódicos, seis dos sete relatos — a exceção sendo "Exantema estrelado" — traziam um subtítulo que os vinculava ao projeto geral.

A estreia dos contos na imprensa se deu com "Garganta de aço", publicado no nº 33 da revista *Krásnaia Panorama* (*Panorama Vermelho*), de Leningrado, em 1925, com a rubrica *Conto de um jovem médico.*

Depois disso, os únicos leitores contemporâneos das peripécias do doutor Bomgard foram os assinantes da pouco conhecida revista moscovita *Meditsínskii Rabótnik* (*O Trabalhador da Medicina*), em que foram publicados "A praga das trevas" (1925, nºs 26-27), "A estreia obstétrica" (1925, nºs 41-42), "Tempestade de neve" (1926, nºs 2-3), "Exantema estrelado" (1926, nºs 29-30), "A toalha com um galo" (1926, nºs 33-34) e "O olho desaparecido" (1926, nºs 36-37).

Os contos só vieram a ser reunidos em livro passados vinte e três anos da morte de Bulgákov, em 1963. Sua obra, até então obliterada na União Soviética, começara a ser reeditada timidamente na década de 1960, e *Anotações de um jovem médico* foi o seu segundo trabalho a retornar aos olhos do público, como parte da coleção "Bibliotiéka Ogoniók", um anexo literário enviado aos assinantes da revista *Ogoniók* (*Lume*).

Após a morte de Stálin, em 1953, o país passava por um período de relaxamento do terror e, relativamente, maior liberdade, o chamado "degelo". A Guerra Fria estava no auge, porém, e a censura ainda era sisuda, o que pode ter influenciado a decisão de Elena Serguêievna Bulgákova, a terceira esposa do escritor, de não incluir "Exantema estrelado" ao organizar essa edição. O tema da sífilis no campo, agra-

Prefácio

vada pela ignorância dos camponeses, dificilmente agradaria às autoridades.

Outras duas modificações foram feitas no livro para essa primeira edição: o conto "Garganta de aço" foi renomeado "Garganta de prata" ("Serebriánnoie górlo"),[3] e as datas dos fatos, transferidas dos anos 1917-18 para 1916-17. A alteração levou as histórias a coincidirem com o período que o próprio Bulgákov passou em Nikólskoie, eliminando, porém, sua proximidade com a Revolução de Outubro. Esse artifício dificultaria a captação de alguma possível analogia entre as experiências sangrentas de Bomgard na sala de operação e a sanguinolência do período revolucionário. Tais interpretações existem e há quem veja sinais delas em detalhes como o galo vermelho bordado pela menina camponesa em "A toalha com um galo".[4]

Nas edições russas mais recentes do livro, porém, as alterações foram revertidas e os contos, rearranjados, ou pela

---

[3] Não há certeza sobre a razão da troca de nome, imputada vagamente à censura soviética. Pode ser uma tentativa de prevenir qualquer associação com o nome de Stálin, que vem da palavra russa para "aço" (*stal*), ou eventual crítica disfarçada à industrialização crescente e à estética do realismo socialista, ambas ricas em imagens relacionadas ao aço.

[4] "Quando um chalé rural pegava fogo na Rússia tsarista, os camponeses tinham um dito para a ocasião: 'O galo vermelho está cantando de novo'. As menores aldeias podem consistir em uma única estrada longa, talvez com alguns cruzamentos. Invariavelmente, contudo, não importa o quão longe estejam os limites da aldeia e os lotes de terra designados a alguns dos moradores para ararem e semearem, as casas de tora dos camponeses se agrupam todas juntas à beira da estrada. Se o galo vermelho cantava em algum dia ventoso, as faíscas logo tomavam os telhados cobertos de palha e as chamas corriam soltas até as extremidades da aldeia, transformando-a em cinzas. Dessa forma, para o camponês da velha Rússia de madeira, o galo vermelho era uma ave agourenta" (Albert Rhys Williams, *Journey into Revolution: Petrograd, 1917-1918*, Chicago, Quadrangle Books, 1969, p. 70).

ordem de publicação nas revistas, ou segundo a sequência dos acontecimentos relatados, como, por exemplo, na edição das *Obras completas* do autor organizada por Vladímir Lakchín em 1989[5] — esta foi a ordem adotada na presente tradução. "Exantema estrelado", por não se prender a uma data específica e tratar de um assunto que ocupou Bulgákov durante todo o seu serviço no interior, costuma fechar as *Anotações*.

A revista *Meditsínskii Rabótnik* também recebeu as outras duas histórias integrantes do presente volume, "Eu matei" (1926, nºs 44-45) e "Morfina" (1927, nºs 45-47). Essas histórias são consideradas adjacentes ao ciclo das *Anotações* pelos estudiosos de Bulgákov por terem sido publicadas na mesma época e no mesmo veículo, por contarem com o doutor Bomgard como personagem e envolverem o exercício da medicina, mesmo que sejam outros seus temas centrais. "Morfina", como já se viu, gira em torno do morfinismo; "Eu matei", por seu turno, é um ponto de contato com outro motivo comum a várias obras de Bulgákov daquele período: a Guerra Civil.

Ao voltar para Kíev na primavera de 1918, após o fim de seu serviço obrigatório em Viázma, o escritor encontrou a Ucrânia completamente diferente de quando ele a deixara. O Império Russo, do qual Bulgákov era cidadão, fora extinto ainda com a Revolução de fevereiro de 1917. A Ucrânia se tornara uma república independente e sediava uma guerra civil especial entre monarquistas com apoio estrangeiro, milícias nacionalistas e os bolcheviques locais. Em dezembro de 1918, Bulgákov juntou-se a voluntários que tencionavam proteger a capital das milícias nacionalistas, comandadas por Simon Petliúra. Desbancando os voluntários, os homens de

---

[5] M. A. Bulgákov, *Sobránie sotchinienii v piati tomákh*, t. 1, Moscou, Khudojestvennaia Literatura, 1989.

Prefácio

Petliúra assumiram o comando do país e instauraram um regime cruel que perdurou até eles serem por sua vez derrotados pelos bolcheviques.

Foi nessa conjuntura confusa que Bulgákov vivenciou o incidente traumático por trás de "Eu matei". Mobilizado pelas tropas de Petliúra como médico de campanha em fevereiro de 1919, na noite do dia 2 para o dia 3 ele testemunhou um cruel assassinato em uma ponte. O médico-escritor conseguiu fugir e, apesar de ter desertado, não sofreu represálias dos partidários de Petliúra porque, quando se recuperou da doença nervosa que o pôs de cama por uma semana, Kíev já fora tomada pelo Exército Vermelho.

As marcas do incidente não poderiam ser curadas com alguns dias de repouso, no entanto. Elas piscam das páginas de "Na noite do dia 3" ("V notch 3-e tchisló", 1922), "A coroa vermelha" ("Krásnaia korôna", 1922), "As extraordinárias aventuras de um médico" ("Neobiknoviênnie prikliutchiêniia dóktora", 1922) e do romance *A guarda branca* (1924-25), sempre repisando o argumento da corresponsabilidade daquele que testemunha uma crueldade, mas não tem coragem de se opor a ela.

Em "Eu matei", porém, Bulgákov quebra o paradigma que se repete nessas outras obras e encontra sua redenção. O conto, que encerrou um dilema de meia década na consciência do autor, encerra também este ciclo de narrativas.

ANOTAÇÕES DE UM
JOVEM MÉDICO

A TOALHA COM UM GALO

Se a pessoa nunca andou a cavalo por ermas estradas rurais, não tenho o que lhe contar sobre isso: de qualquer forma ela não entenderá. E aquela que já andou, não quero nem fazer lembrar da experiência.

Direi em resumo: eu e meu cocheiro percorremos as quarenta verstas[1] que separavam Gratchióvka, a capital da província, do hospital de Múrievo em exatamente 24 horas.[2] E até com curiosa exatidão: às duas da tarde do dia 16 de setembro de 1917, passávamos pelo último armazém de cereais, localizado na fronteira dessa maravilhosa cidade de Gratchióvka, e às duas horas e cinco minutos de 17 de setembro do mesmo ano inesquecível de 1917, eu estava de pé na grama batida, moribunda e amaciada pela chuvinha de setembro, do pátio do hospital de Múrievo. Encontrava-me no seguinte estado: as pernas tão petrificadas que eu folheava vagamente em pensamento as páginas dos meus livros didáticos, ali mesmo no pátio, tentando estupidamente lembrar se existia mesmo uma doença que petrificava os músculos da pessoa, ou se eu ouvira isso em sonho no dia anterior, na vila de Grabílovka. Como se chamava essa maldita em latim?

---

[1] Antiga medida russa equivalente a 1,06 km. (N. da T.)

[2] O autor usa os nomes ficcionais de Múrievo para designar Nikólskoie, e Gratchióvka para designar Viázma, a capital da província. Os dois locais ficam na região de Smolensk, no oeste da Rússia. (N. da T.)

Cada músculo latejava com uma dor insuportável, lembrando dor de dente. Nem há o que dizer sobre os dedos dos pés — já não se remexiam nas botas; jaziam pacificamente, parecendo cotos de madeira. Confesso que, num ímpeto de covardia, eu amaldiçoava num sussurro a medicina e o meu requerimento de admissão, entregue cinco anos antes ao reitor da universidade. Naquele momento, ainda por cima, a neve borrifava como através de uma peneira. Meu casaco estava inchado, empapado como uma esponja. Com os dedos da mão direita, eu tentava sem sucesso me agarrar à alça da mala e, por fim, cuspi na grama molhada. Meus dedos não conseguiram agarrar nada, e, recheado com todo tipo de conhecimento dos interessantes livros de medicina, eu me lembrei de novo da doença: paralisia.

"*Paralisis*", eu disse a mim mesmo em pensamento, desesperadamente e sabe-se lá para quê.

— A pessoa tem que se ac... acostumar a andar... — comecei a falar, por entre lábios azulados e de madeira — n... nas estradas de vocês...

· E, ao dizer isso, cravei os olhos — por algum motivo, com raiva — no cocheiro, embora ele, de fato, não fosse culpado por aquela estrada.

— Eh, camarada doutor — respondeu o cocheiro, também mal mexendo os lábios sob os bigodes claros —, há quinze anos que ando por elas e ainda não me acostumei.

Estremeci, lancei um olhar melancólico para o edifício branco descascado de dois andares, para as paredes de toras sem reboco da casinha do enfermeiro, para a minha própria residência futura — uma casa de dois andares bem limpinha com janelas sepulcrais enigmáticas —, e dei um longo suspiro. E, naquele momento, em vez de palavras latinas, passou-me vagamente pela cabeça uma frase doce, cantada, no meu cérebro, tonto devido ao frio e às sacudidas, por um tenor gordo de calças azul-claras:

Olá... refú-gio sa-grado...[3]

Adeus, adeus por muito tempo, Teatro Bolshoi vermelho-dourado, Moscou, vitrines... ah, adeus.

"Da próxima vez vou vestir um sobretudo de pele...", pensei, num desespero raivoso, e arrebatei a mala pelas correias com mãos enrijecidas, "eu... se bem que da próxima vez já será outubro... tem que vestir ao menos dois sobretudos. Mas antes de passar um mês não vou para Gratchióvka, não vou... Pense só, se foi preciso até pernoitar! Fizemos vinte verstas e nos vimos em trevas sepulcrais... noite... tivemos que pernoitar em Grabílovka... o professor nos hospedou... E hoje de manhã saímos às sete horas... e vai-se andando... ora, raios... mais devagar que um pedestre. Uma roda se esborracha num buraco, outra se ergue no ar, a mala vai parar nos pés — bum... então você cai sobre um lado do corpo, sobre o outro, dá com o nariz na frente, depois com a nuca. E ainda por cima neva e neva, e os ossos congelam. E por acaso eu poderia crer que no meio de um setembro cinzento e azedo, no campo, se pode congelar como em um inverno atroz?! Mas, ao que parece, pode-se. E, enquanto morre de uma morte lenta, você vê sempre a mesma coisa, só uma. À direita, um campo roído e corcovado, à esquerda, um bosquezinho mirrado, e ao pé dele, isbás[4] cinzentas, esfrangalhadas, umas cinco ou seis. E parece que não há vivalma nelas. Silêncio, o silêncio nos cerca..."

A mala finalmente cedeu. O cocheiro deitou de barriga sobre ela e a empurrou direto para mim. Eu quis segurá-la

---

[3] Verso da ópera *Fausto* (1859), de Charles Gounod, baseada no livro de Goethe. O trecho é do começo do segundo ato, no momento em que o protagonista examina de fora a casa de Margarida. (N. da T.)

[4] Típica casa dos camponeses russos, feita de madeira. (N. da T.)

A toalha com um galo

pela alça, mas a mão se recusou a trabalhar, e minha companheira de viagem, encharcada e de barriga cheia, com os meus livros e todos os meus pertences, escarrapachou-se direto na grama, acertando-me os pés.

— Eh, senh... — começou o cocheiro, assustado, mas eu não emiti nenhuma reclamação: minhas pernas não se importariam nem se alguém as jogasse fora.

— Ei, alguém aí? Ei! — gritou o cocheiro e bateu palmas, agitando os braços, como um galo faria com as asas. — Ei, eu trouxe o doutor!

Nesse momento, rostos apareceram nas vidraças escuras da casinha do enfermeiro, grudaram-se a elas, a porta bateu, e então vi um homem de casaquinho roto e botinhas vir claudicando pela grama em minha direção. Ele tirou o quepe respeitosa e apressadamente, veio correndo e, parando a dois passos de mim, sorriu, envergonhado por algum motivo, e me cumprimentou com uma voz rouquenha:

— Olá, camarada doutor.

— Quem é você? — perguntei.

— Sou Egóritch — o homem se apresentou —, o vigia daqui. Bem que nós o estávamos esperando...

E então ele deitou a mão na mala, ergueu-a sobre o ombro e foi carregando. Manquejei atrás dele, tentando sem sucesso meter a mão no bolso das calças para tirar o porta-moedas.

O ser humano, em essência, precisa de muito pouco. E, acima de tudo, precisa de fogo. Quando parti para os confins do mundo em Múrievo, eu jurei a mim mesmo — vale lembrar, ainda em Moscou — que ia me portar com seriedade. Minha aparência jovem envenenou-me a existência desde os primeiros passos. Para cada um tinha que me apresentar:

— Doutor fulano de tal.

E todos sem falta erguiam as sobrancelhas e perguntavam:

— Sério? E eu aqui pensando que o senhor ainda era estudante.

— Não, já me formei — eu respondia, carrancudo, e pensava: "É isso, preciso arranjar uns óculos". Mas não tinha para que arranjar óculos, meus olhos eram saudáveis e sua limpidez ainda não fora empanada pela experiência de vida. Sem poder me defender dos constantes sorrisos condescendentes e carinhosos usando óculos, tentei adotar maneiras especiais, que inspirassem respeito. Tentava falar de modo comedido e grave, conter, na medida do possível, os movimentos bruscos, não correr, como correm as pessoas de vinte e três anos que acabaram de se formar, mas caminhar. Tudo isso me saía — como agora percebo, passados vários anos — muito mal.

Naquele momento eu violava esse meu código tácito de conduta. Estava sentado enroscado, só de meias, e não em algum lugar do consultório — sentava-me na cozinha e, como um adorador do fogo, me esticava entusiástica e apaixonadamente para as achas de bétula que chamejavam no fogão. Do meu lado esquerdo havia um barrilete de ponta-cabeça, e nele jaziam as minhas botinas. Ao lado delas, um galo pelado e maltrapilho com o pescoço ensanguentado, e, perto do galo, suas penas multicoloridas em um montão. O fato é que, ainda em estado de congelamento, consegui executar uma série de ações que a própria vida exigia. A Aksínia de nariz pontudo, esposa de Egóritch, foi aprovada por mim para o cargo de minha cozinheira. Em consequência disso é que o galo morrera pelas mãos dela. Era ele que eu devia comer. Travei conhecimento com todos. O enfermeiro se chamava Demián Lukitch, as parteiras, Pelagueia Ivánovna e Anna Nikoláievna. Consegui percorrer o hospital e verifiquei com a mais perfeita clareza que o equipamento presente nele era opulento. Ao mesmo tempo, com igual clareza tive que admitir (para mim mesmo, é óbvio) que a fun-

A toalha com um galo

ção de muitos dos virginalmente brilhantes instrumentos me era completamente desconhecida. Eu não só nunca os segurara nas mãos, mas, reconheço francamente, nem sequer os vira.

— Hm — resmunguei, de um jeito bem significativo —, até que vocês têm um equipamento decente. Hm...

— Certamente, senhor — pontuou docemente Demián Lukitch. — Tudo graças aos esforços do seu predecessor, Leopold Leopôldovitch. Ele operava literalmente desde a manhã até a noite.

Nesse momento, cobri-me de suor frio e relanceei o olhar melancólico para os resplandecentes armarinhos espelhados.

Depois disso, percorremos as enfermarias vazias, e verifiquei que dava para alocar quarenta pessoas com folga nelas.

— No tempo do Leopold Leopôldovitch, às vezes até cinquenta ficavam aí — consolou-me Demián Lukitch, e Anna Nikoláievna, uma mulher com uma coroa de cabelos grisalhos, por algum motivo disse:

— O senhor, doutor, parece tão jovem, tão jovem... É simplesmente surpreendente. O senhor parece um estudante.

"Tsc, droga", pensei, "eu não disse?!"

E resmunguei entre dentes, secamente:

— Hm... não, eu... isto é, eu... sim, pareço jovem...

Então seguimos para a farmácia e de imediato vi que nela só faltava água da fonte da juventude. As duas salas escuras cheiravam a ervas, e nas estantes havia tudo que se quisesse. Havia até materiais estrangeiros patenteados, e será que preciso acrescentar que eu nunca ouvira falar deles?

— Leopold Leopôldovitch encomendou — Pelagueia Ivánovna contou com orgulho.

"Era um homem simplesmente genial esse Leopold", pensei, e senti respeito pelo misterioso Leopold, que abandonara o tranquilo hospital de Múrievo.

Além de fogo, o ser humano também precisa sentir-se

em casa. O galo fora comido por mim havia muito, um colchão de palha fora estofado para mim por Egóritch e coberto com um lençol, e uma lâmpada ardia no gabinete da minha residência. Eu estava sentado e, como que enfeitiçado, olhava para a terceira conquista do legendário Leopold: o armário atulhado de livros. Só de manuais de cirurgia, em russo e alemão, contei rapidamente mais de cinquenta tomos. E, ainda, terapia! Maravilhosos compêndios encadernados em couro!

A noite seguia, e eu ia me sentindo em casa.

"Não tenho culpa de nada", pensei, com aflição e teimosia. "Tenho um diploma, fechei as médias com quinze notas 'cinco'.[5] Avisei, quando ainda estava na cidade grande, que queria trabalhar como médico adjunto. Não. Sorriram e disseram: 'Você vai se sentir em casa'. Sinta-se em casa você! E se vierem com uma hérnia? Expliquem, como é que vou *me sentir em casa* com ela? E em especial, como é que vai se sentir o doente cuja hérnia eu tenho nas mãos? Vai se sentir em casa no outro mundo (nesse momento um calafrio me perpassou a espinha)...

"E uma apendicite supurada? Hein!? E um crupe diftérico nas crianças da aldeia? Quando uma traqueotomia vai aparecer? Mesmo sem a traqueotomia já será bem desagradável para mim... E... e os partos! Esqueci dos partos! Fetos em posições anormais. O que é que eu vou fazer? Hein? Como sou leviano! Devia era renunciar a esse posto. Devia. Arranjariam outro Leopold."

Em melancolia e no crepúsculo eu passeava pelo gabinete. Quando alcancei a lâmpada, vi meu rosto pálido surgir momentaneamente na treva sem limites dos campos, junto às chamas refletidas na janela.

---

[5] As notas na Rússia vão de um a cinco. (N. da T.)

"Pareço o Falso Dmitri",[6] pensei de repente, estupidamente, e me sentei de novo à mesa.

Torturei-me na solidão por duas horas, e torturei-me até meus nervos não suportarem mais os medos criados por mim. Então comecei a me acalmar e até a fazer alguns planos. Vejamos... O número de consultas, dizem, agora é insignificante. Estão malhando o linho nas aldeias, as estradas estão intransitáveis... "Por isso mesmo trarão uma hérnia", deixou escapar uma voz severa no meu cérebro, "porque, quando as estradas estão intransitáveis, quem pega um resfriado (uma doença simples) não vem, mas uma hérnia forçosamente trarão, pode ficar tranquilo, querido colega doutor."

Aquela voz não era nada burra, não é verdade? Estremeci.

"Silêncio", disse para a voz, "não necessariamente uma hérnia. Que tal uma neurastenia? Quem inventa aguenta."

"Quem fala sustenta", replicou sarcasticamente a voz.

Vejamos... não vou me separar do guia... Se tiver que receitar alguma coisa, posso pensar enquanto lavo as mãos. O guia ficará aberto bem em cima do livro de prontuário. Darei receitas úteis, mas simples. Bem, por exemplo, ácido salicílico três vezes ao dia, 0,5 por dose...

"Dá para receitar bicarbonato de sódio!", replicou o meu interlocutor interior, obviamente escarnecendo.

O que o bicarbonato de sódio tem a ver com isso? Se quiser, receitarei até infusão de ipecacuanha... em 180 ml. Ou em 200. Com licença.

E então, embora ninguém exigisse ipecacuanha de mim,

---

[6] O "Falso Dmitri" foi um monge chamado Grigóri Otrepiev que se passou pelo filho do tsar Ivan IV (Ivan, o Terrível). Até hoje ele é sinônimo de impostor na tradição russa. (N. da T.)

na solidão junto à lâmpada folheei covardemente o manual de receitas, cheguei a ipecacuanha, e até li de passagem que havia no mundo uma tal de "insipina". Não passava de "sulfato de éter de ácido diglicólico de quinina"... Ao que parece, não tem gosto de quinino. Mas para que serve? E como receitá-la? O que ela é, um pó? Que o diabo a carregue!

"Insipina é insipina, mas como é que vai ser com a hérnia, afinal?", importunou teimosamente o medo em forma de voz.

"Mandarei o paciente tomar um banho de banheira", defendi-me, exasperado, "um banho. E tentarei pôr de volta no lugar."

"Uma hérnia estrangulada, meu anjo! Para o inferno com os banhos aqui! Uma estrangulada", o medo cantou com voz de demônio, "tem que cortar..."

Então eu desisti e por pouco não chorei. E dirigi uma prece às trevas além da janela: tudo o que quiserem, menos uma hérnia estrangulada. E o cansaço cantarolou:

"Vá dormir, esculápio infeliz. Durma bem, e de manhã tudo estará visível. Acalme-se, jovem neurastênico. Olhe: as trevas além da janela estão quietas, os campos congelados dormem, não há nenhuma hérnia. E de manhã as coisas estarão visíveis. Durma... Largue o compêndio... Você não vai entender nada agora, de qualquer forma. Anel herniário..."

Nem compreendi como ele entrou voando. Lembro que a tranca da porta fez um barulhão, Aksínia piou alguma coisa. E também uma telega[7] passou rangendo além das janelas.

Ele estava sem chapéu, de peliça curta desabotoada, tinha a barbicha embaraçada e olhos enlouquecidos.

---

[7] Carro ou carroça de quatro rodas que os russos usavam para transportar mercadorias. (N. da T.)

A toalha com um galo

Ele se persignou, deixou-se cair de joelhos e bateu com a testa no chão. Era comigo.

"Me ferrei", pensei, melancolicamente.

— Que foi, que foi, que foi? — balbuciei, e puxei-o pela manga cinzenta.

— Senhor doutor... senhor... minha única, a única... A única! — gritou de repente, com voz como a de um jovem, sonora a ponto de fazer tremer o abajur. — Ai, meu Senhor... Ah... — Ele juntou as mãos em aflição e novamente deu com a testa nas tábuas do assoalho, como se quisesse parti-la. — Por quê? Por que o castigo?... Com o que vos irastes?

— O quê? O que aconteceu?! — gritei, sentindo meu rosto congelar.

Ele se levantou de um salto, agitou-se e sussurrou:

— Senhor doutor... o que o senhor quiser... dou dinheiro... Pegue o dinheiro, quanto quiser. Quanto quiser. Vamos trazer comida... Só não deixe ela morrer. Só não deixe ela morrer. Mesmo que fique aleijada, tudo bem. Tudo bem! — ele gritou para o teto. — Posso sustentá-la, eu posso!

O rosto pálido de Aksínia estava pendurado na moldura negra da porta. A melancolia envolveu meu coração.

— O que houve?... O quê? Diga! — gritei, de forma doentia.

Ele se aquietou e, num sussurro, me disse em segredo, com seus olhos tornando-se insondáveis:

— Caiu no espadelador...

— No espadelador... no espadelador?... — perguntei. — O que é isso?

— O linho, estavam espadelando o linho... senhor doutor... — esclareceu Aksínia num sussurro. — Esse espadelador... é com ele que espadelam o linho...

"Começou. Veja só. Oh, para que foi que eu vim!", pensei.

— Quem?

— Minha filhinha — ele respondeu num sussurro, e então gritou: — Acuda! — e deixou-se cair de novo, e seus cabelos, cortados à tigela, caíram-lhe nos olhos.

* * *

Um lampião a querosene coberto por uma cúpula de lata ardia intensamente, com dois tubos. Na mesa de operação, sobre o oleado de cheiro fresco eu a vi, e logo a hérnia sumiu da minha memória.

Cabelos claros, meio arruivados, pendiam da mesa, enroscados numa maçaroca seca. A trança era gigantesca, e sua ponta tocava o chão.

A saia de chita estava rasgada, e o sangue nela tinha uma cor diferente — uma mancha parda, uma mancha gordurosa, escarlate. A luz do lampião parecia-me amarela e viva; já o rosto dela, estava branco como papel, e seu nariz, saliente.

Em seu rosto branco extinguia-se uma beleza verdadeiramente rara, imóvel, como se fosse de gesso. Não é sempre que se encontra um rosto assim, é algo realmente incomum.

Fez-se silêncio na sala de operação por dez segundos, mas atrás das portas fechadas se ouvia o pai soltar gritos abafados e bater, bater continuamente a cabeça.

"Enlouqueceu", pensei, "e as enfermeiras devem estar dando uma bebida para reanimá-lo... Por que tão linda? Embora os traços do rosto dele sejam regulares... Está na cara que a mãe era bonita... Ele é viúvo."

— Ele é viúvo? — perguntei, maquinalmente.

— É — Pelagueia Ivánovna respondeu baixinho.

Nesse momento, Demián Lukitch rasgou a saia dela da barra até em cima, num movimento brusco, quase raivoso, e desnudou-a de uma vez. Olhei, e o que vi estava muito além do que eu esperava. A perna esquerda, a bem dizer, não existia. Começando no joelho esmigalhado, jaziam farrapos sangrentos, músculos vermelhos amassados, e brancos ossos es-

A toalha com um galo

magados despontavam, agudos, em todas as direções. A direita estava fraturada na parte inferior de tal modo que as pontas de ambos os ossos saltavam para fora, atravessando a pele. O pé dela jazia sem vida, virado de lado, como que separado do resto.

— É — pronunciou baixinho o enfermeiro, e não acrescentou mais nada.

Então saí do torpor e tomei o pulso dela. Não dava para senti-lo no braço gelado. Somente após alguns segundos encontrei uma ondinha rara, que mal se notava. Passou... depois houve uma pausa, durante a qual consegui dar uma olhada nas narinas azuladas e nos lábios pálidos... Já estava quase dizendo: acabou... mas felizmente me contive... Mais uma vez passou a onda, como um fiozinho.

"Eis uma pessoa estraçalhada se extinguindo", pensei, "já não há o que fazer aqui..."

Mas, de repente, eu disse, severo, sem reconhecer minha própria voz:

— Cânfora.

Então Anna Nikoláievna se inclinou e sussurrou no meu ouvido:

— Para quê, doutor? Não a torture. Para que ainda picá-la? Logo estará morta... O senhor não conseguirá salvá-la.

Olhei-a com ar raivoso e sombrio, e disse:

— Estou pedindo cânfora.

De tal modo que Anna Nikoláievna, com uma cara encolerizada e ofendida, lançou-se imediatamente para a mesinha e quebrou uma ampola.

O enfermeiro, via-se, também não aprovava a cânfora. Mesmo assim, pegou a seringa com agilidade e rapidez, e o óleo amarelo penetrou sob a pele do ombro da menina.

"Morra. Morra logo", pensei, "morra. Ou então o que é que vou fazer com você?"

— Já vai falecer — sussurrou o enfermeiro, como que adivinhando meu pensamento. Olhou de esguelha para o lençol, mas claramente mudou de ideia: seria uma pena ensanguentá-lo. Só que, dentro de poucos segundos, teríamos que cobri-la. Ela jazia como um cadáver, mas não estava morta. De repente, dentro da minha cabeça tudo se fez claro como sob o teto de vidro do nosso distante anfiteatro de anatomia.

— Mais cânfora — eu disse com a voz rouca.

E o enfermeiro, obediente, injetou o óleo de novo.

"Mas será possível que não vai morrer?...", pensei, em desespero. "Será mesmo preciso..."

Tudo se iluminou no meu cérebro, e de repente, sem quaisquer manuais, sem conselhos, sem ajuda, eu compreendi — era férrea a certeza de que compreendera — que agora eu teria de fazer uma amputação em uma pessoa moribunda, pela primeira vez na vida. E essa pessoa morreria sob o bisturi. Ah, morrerá sob o bisturi. Se ela nem tem sangue! Todo ele se esvaíra das pernas destroçadas ao longo do caminho de dez verstas, e não dava para saber sequer se ela sentia alguma coisa no momento, se escutava algo. Está quieta. Ah, por que não morre? O que me dirá o pai enlouquecido?

— Prepare uma amputação — eu disse ao enfermeiro com uma voz que não era a minha.

A parteira olhou-me com ar selvagem, mas nos olhos do enfermeiro surgiu por um momento a faísca da compaixão, e ele se pôs em atividade perto dos instrumentos. Sob as mãos dele, o fogareiro soltou um rugido...

Passou um quarto de hora. Com terror supersticioso eu perscrutava os olhos que se apagavam, soerguendo a pálpebra fria. Não compreendia nada. Como podia viver aquele semicadáver? Gotas de suor corriam-me livremente pela testa sob o barrete branco, e com uma gaze Pelagueia Ivánovna secava o suor salgado. Agora também boiava cafeína no que restava de sangue nas veias da garota. Havia mesmo neces-

A toalha com um galo

29

sidade de injetá-la? Tocando de leve, Anna Nikoláievna passava nas coxas retalhos de tecido fofo, empapados de soro fisiológico. E a garota vivia.

Peguei a faca, tentando imitar certo alguém (uma vez na vida, na universidade, eu vira uma amputação)... Rogava agora ao destino que ela não morresse na próxima meia hora... "Que morra na enfermaria, depois que eu terminar a operação..."

A meu favor trabalhava apenas meu bom senso, fustigado pelo extraordinário da situação. Ágil como um experiente açougueiro, dei uma navalhada na coxa num movimento circular com a faca afiadíssima, e a pele se rompeu, sem vazar nem uma gotícula de sangue. "Os vasos sanguíneos começarão a sangrar, o que vou fazer?", pensei, e como um lobo, olhei de esguelha para o montão de pinças e alicates. Cortei um enorme pedaço de carne de mulher, e até um dos vasos — ele tinha o aspecto de um caninho esbranquiçado —, mas nem uma gota de sangue saiu dele. Cerrei-o com uma pinça cirúrgica e segui adiante. Enfiava essas pinças em todo lugar em que adivinhava um vasinho... "*Arteria... Arteria...*[8] como raios ela é?..." A sala de operação ficou parecendo uma clínica. As pinças cirúrgicas pendiam em cachos. Retiraram-nas com gaze, junto com a carne, e eu comecei a serrar o osso redondo com uma deslumbrante serra de dentes miúdos. "Por que não morre?... É surpreendente... Oh, como o ser humano é tenaz!"

E o osso se desprendeu. Nas mãos de Demián Lukitch ficou aquilo que outrora fora a perna de uma menina. Um emaranhado de carne e ossos! Afastaram tudo isso e, na mesa, ficou a garota, como que encurtada em um terço, com o coto estirado para um lado. "Só mais um pouquinho... não

---

[8] Todos os termos em latim do original foram mantidos na tradução. (N. da T.)

morra", pensei, inspirado, "aguente até a enfermaria, permita que eu saia ileso desse terrível acontecimento da minha vida."

Depois ataram as ligaduras, e depois, com os joelhos batendo, comecei a costurar a pele com alguns pontos... mas parei, deu-me um estalo, compreendi uma coisa... Deixei escorrerem um pouco o sangue e os fluidos... Coloquei um tampão de gaze... O suor me anuviava os olhos, e parecia que eu estava numa sauna.

Eu ofegava. Olhei pesadamente para o coto, para o rosto de cera. Perguntei:

— Está viva?

— Está... — o enfermeiro e Anna Nikoláievna responderam ao mesmo tempo, como um eco sem som.

— Vai viver mais um minutinho — disse-me ao ouvido o enfermeiro, sem emitir som, somente com os lábios. Depois hesitou e aconselhou delicadamente: — A segunda perna talvez nem seja preciso tocar doutor. Enrolaremos, sabe, com gaze... ou então não aguentará até a enfermaria... Que tal? Muito melhor se não morrer na sala de operação.

— Dê-me gesso — respondi, roufenho, impulsionado por uma força desconhecida.

O chão inteiro estava salpicado de manchas brancas, nós todos estávamos suados. A meio-morta jazia imóvel. Sua perna direita estava engessada e, na parte inferior da perna, havia uma janela deixada por mim no local da fratura, num rasgo de inspiração.

— Está viva... — disse o enfermeiro, surpreso e com voz rouca.

Então começaram a levantá-la, e sob o lençol se via um fosso gigantesco — deixamos um terço do corpo dela na sala de operação.

Então as sombras no corredor se agitaram levemente, as auxiliares de enfermagem correram para cá e para lá, e eu vi a figura de um homem escorregar pela parede e soltar um brado seco. Mas retiraram-no dali, e ele se aquietou.

Na sala de operação, eu lavava as mãos ensanguentadas até os cotovelos.

— O senhor, doutor, provavelmente já fez muitas amputações, não? — perguntou de repente Anna Nikoláievna. — Muito bem, muito bem... Não ficou devendo nada ao Leopold...

Nos lábios dela a palavra "Leopold" soava invariavelmente como "Decano".

Olhei de soslaio para os rostos. E nos olhos de todos — inclusive de Demián Lukitch e Pelagueia Ivánovna — notei respeito e surpresa.

— Hm... eu... Só fiz duas vezes, veja só...

Para que eu menti? Agora já nem saberia dizer.

Fez-se silêncio no hospital. Completo.

— Quando ela morrer, mande me chamar sem falta — eu disse a meia-voz para o enfermeiro, e ele, por algum motivo, em vez de "tudo bem", respondeu respeitosamente:

— Às ordens, senhor...

Alguns minutos depois, eu me encontrava junto à lâmpada verde no gabinete do apartamento do médico. A casa estava em silêncio.

Um rosto pálido se refletiu no vidro negríssimo.

"Não, não me pareço com o Falso Dmitri, e, veja só, envelheci um pouquinho... tenho uma ruga acima do nariz... Logo vão bater... dirão: 'Morreu'..."

"Sim, vou lá olhar uma última vez... logo soará a batida..."

* * *

Bateram na porta. Depois de dois meses e meio. Na janela, brilhava um dos primeiros dias de inverno.

Ele entrou, e só então o examinei direito. Sim, os traços

do rosto dele eram mesmo regulares. Uns quarenta e cinco anos. Os olhos faiscavam.

E então um leve farfalhar. Apoiada em duas muletas, a garota de uma perna só, e de uma beleza encantadora, entrou pulando, vestindo uma saia amplíssima com um debrum vermelho costurado na barra.

Ela olhou para mim, e suas bochechas se cobriram de um tom róseo.

— Em Moscou... em Moscou... — e me pus a escrever o endereço. — Lá farão uma prótese, uma perna artificial.

— Beije a mão dele — o pai disse, inesperadamente.

Eu me desnorteei a tal ponto que, em vez dos lábios, beijei o seu nariz.

Então, equilibrando-se nas muletas, ela desfez um embrulho, e dele caiu uma toalha comprida, branca como a neve, com um simples galo vermelho bordado. Então era isso que ela escondia sob o travesseiro durante os exames. De vez em quando, lembro, havia linha de costura na mesinha de cabeceira.

— Não posso aceitar — eu disse severamente, e até sacudi a cabeça. Mas ela fez uma cara, os olhos assumiram tal expressão, que acabei aceitando...

E por muitos anos a toalha ficou pendurada no meu quarto em Múrievo, e depois correu o mundo comigo. Por fim envelheceu, desbotou, esburacou-se e desapareceu, como desbotam e desaparecem as recordações.

A toalha com um galo

A ESTREIA OBSTÉTRICA

Os dias passavam rapidamente no hospital de N., e aos poucos eu fui me acostumando com a nova vida.

Nas aldeias, espadelavam o linho como antes, as estradas ainda estavam intransitáveis, e para consulta não vinham mais que cinco pessoas. Eu tinha as noites completamente livres, e dedicava-as à análise dos livros da biblioteca, à leitura de manuais de cirurgia e a longas e solitárias festas do chá ao lado do samovar que cantava baixinho.

A chuva caía por dias e noites inteiros, as gotas batiam no teto incessantemente e a água jorrava sob a janela, descendo pela calha até um barril. No quintal havia lama, névoa, uma bruma escura na qual luziam como manchas turvas e vagas a janela da casinha do enfermeiro e o lampião ao lado dos portões.

Em uma dessas noites, eu estava sentado sozinho no gabinete, debruçado sobre um compêndio de anatomia topográfica. O silêncio à minha volta era completo, e só o violavam, de vez em quando, os guinchos dos ratos na sala de jantar, atrás do guarda-louça.

Eu li até as pálpebras pesadas começarem a se colar. Por fim, bocejei, pus o compêndio de lado e decidi ir me deitar. Espreguiçando-me e antegozando o sono pacífico sob o barulho e as pancadas da chuva, passei para o quarto, me despi, e deitei.

Mal tinha tocado o travesseiro quando, diante de mim, em meio à névoa sonolenta, surgiu o rosto de Anna Prokhorova, de dezessete anos, da vila de Toropovo. Anna Prokhorova precisava ter um dente arrancado. Passou boiando silenciosamente o enfermeiro Demián Lukitch com pinças brilhantes nas mãos. Lembrei-me de como ele falava "quão" em vez de "tão" — por amor ao estilo elevado; esbocei um sorriso e adormeci.

Só que meia hora depois acordei repentinamente, como se alguém houvesse me dado um puxão, sentei-me e, perscrutando assustado a escuridão, apurei o ouvido.

Alguém tamborilava alto e com persistência na porta da rua, e esses golpes de imediato me pareceram funestos.

Então bateram na porta do apartamento.

A batida silenciou, a tranca soou com um estrondo, ouviu-se a voz da cozinheira e alguma voz indistinta em resposta, então alguém subiu pela escada aos rangidos, atravessou o gabinete de mansinho e bateu na porta do meu quarto.

— Quem é?

— Sou eu — respondeu-me o sussurro respeitoso —, Aksínia, a enfermeira.

— Qual o problema?

— Anna Nikoláievna mandou chamar o senhor, pedem que o senhor venha para o hospital o mais rápido possível.

— Mas que foi que aconteceu? — perguntei, e senti nitidamente o coração se comprimir.

— Trouxeram uma mulher de Dultsevo. Um parto em condições adversas.

"Pronto, começou!", passou pela minha cabeça, e eu não conseguia de jeito nenhum enfiar os pés nos sapatos. "Ah, inferno! Os fósforos não querem acender. Fazer o quê, cedo ou tarde isso tinha que acontecer. Não se passa a vida inteira só com laringites e gastrites."

— Tudo bem. Vá, diga que já estou indo! — gritei, e levantei da cama. Do outro lado da porta soaram as pancadinhas dos passos de Aksínia, e de novo a tranca ressoou com um estrondo. O sono desapareceu instantaneamente. Apres-

A estreia obstétrica

sado, com dedos trêmulos, acendi a lâmpada e comecei a me vestir. Meia-noite e meia... O que haveria de adverso no parto daquela mulher? Hm... posição incorreta... pouca dilatação. Ou pode ser algo ainda pior. Talvez seja até preciso usar o fórceps. Seria o caso de mandá-la direto para a cidade? Não, mas isso era impensável! "Bom esse médico, hein?!", é o que todos dirão! E eu não tenho nem o direito de fazer isso. Não, eu mesmo tenho que fazê-lo. Mas fazer o quê? O diabo o sabe. Será uma desgraça se eu me perder, uma desonra perante as parteiras. Pensando bem, é preciso primeiro olhar, não vale a pena me preocupar de antemão...

Eu me vesti, pus o casaco e, debaixo da chuva, corri para o hospital pelas tabuinhas que estalavam, com a esperança íntima de que tudo se arranjaria a contento. Na semiobscuridade, ao lado da entrada, vislumbrava-se uma telega; o cavalo bateu com o casco nas tábuas apodrecidas.

— Foi você, por acaso, que trouxe a parturiente? — perguntei com alguma finalidade à figura que se agitava ao lado do cavalo.

— Fui eu... é claro que fui eu, paizinho — respondeu queixosamente uma voz de mulher.

No hospital, a despeito da hora avançada, havia animação e rebuliço. No consultório, piscando, ardia o lampião a querosene. No corredorzinho que conduzia à maternidade, Aksínia passou se esgueirando por mim com uma bacia. Um gemido fraco veio do outro lado da porta, e depois cessou. Abri a porta e entrei na sala de parto. A pequena sala caiada estava vivamente iluminada por uma lâmpada de teto. Ao lado da mesa de operação, em uma cama, coberta pelo edredom até o queixo, jazia uma jovem mulher. O rosto dela estava deformado por um esgar mórbido, e as madeixas umedecidas tinham se colado à sua testa. Anna Nikoláievna, com o termômetro nas mãos, preparava uma solução em uma ducha vaginal, e a outra parteira, Pelagueia Ivánovna, trazia lençóis limpos de um armarinho. O enfermeiro estava de pé, recostado à parede, na pose de Napoleão. Assim que me viram, todos se animaram. A parturiente abriu os olhos, retorceu as mãos e de novo gemeu queixosa e pesadamente.

— Bem, senhoras, o que há? — perguntei, e eu mesmo me surpreendi com o meu tom, tão confiante e calmo ele era.

— Situação transversa — Anna Nikoláievna respondeu rapidamente, continuando a adicionar iodo à solução.

— Ce-erto — arrastei a fala, franzindo o cenho. — Bem, então, vamos ver...

— Lavem as mãos do doutor! Aksínia! — Anna Nikoláievna gritou de imediato. O rosto dela estava solene e sério.

Enquanto a água jorrava, lavando a espuma das mãos avermelhadas pela escova, eu ia fazendo perguntas insignificantes a Anna Nikoláievna, do tipo: fazia muito tempo que tinham trazido a parturiente?, de onde ela era?...

A mão de Pelagueia Ivánovna afastou o edredom, e eu, após me sentar na beira da cama, pus-me a apalpar a barriga que se avolumava, tocando de mansinho. A mulher gemia, retesando-se, cravava os dedos, amarfanhava o lençol.

— Quietinha, quietinha... Aguente firme — eu disse, encostando com cuidado as mãos na pele distendida, quente e seca.

No fundo, depois de a experiente Anna Nikoláievna sugerir qual era o problema, investigá-lo fazia-se completamente desnecessário. Não importava o quanto eu sondasse, mais do que Anna Nikoláievna eu de qualquer forma não descobriria. O diagnóstico dela, é claro, estava correto: situação transversa. O diagnóstico estava na cara. Bem, e depois?...

Franzindo o cenho, continuei a apalpar a barriga por todos os lados e, de relance, olhava os rostos das parteiras. Ambas estavam atentas e sérias, e, nos seus olhos eu li a aprovação das minhas ações. Realmente, meus movimentos eram seguros e corretos, e eu tentava esconder a minha inquieta-

A estreia obstétrica

37

ção o mais fundo possível, e não deixá-la transparecer em nada.

— Certo — eu disse, após um suspiro, e soergui-me da cama, já que não havia mais nada para olhar pelo lado de fora —, vamos dar uma examinada por dentro.

A aprovação perpassou novamente pelos olhos de Anna Nikoláievna.

— Aksínia!

Mais uma vez a água jorrou.

"Eh, se eu pudesse dar uma olhadinha no Döderlein[9] agora!", pensei melancolicamente, lavando bem as mãos. Uma pena que era impossível fazer isso agora. E além disso, como Döderlein ajudaria nesse momento? Lavei a espuma densa e besuntei os dedos com iodo. Ouviu-se o farfalhar do lençol limpo sob as mãos de Pelagueia Ivánovna, e, inclinando-me para a parturiente, eu comecei, tímida e atentamente, a realizar o exame interno. Na minha memória surgiu de modo involuntário a cena de uma operação na clínica obstétrica. As lâmpadas elétricas ardiam vivamente em esferas opacas, o chão de ladrilhos brilhava, por todo o lado pias e aparelhos cintilantes. Um assistente, de jaleco branco como a neve, manipulava a parturiente, e em volta dele três ajudantes-residentes, estagiários, uma multidão de estudantes-monitores. Tudo bom, iluminado e seguro.

E aqui estou eu, completamente só, nas minhas mãos uma mulher em sofrimentos atrozes, e eu respondo por ela. Mas como devo ajudá-la eu não sei, porque só acompanhei pessoalmente um parto duas vezes na vida, na clínica, e aqueles foram completamente normais. Agora estou fazendo o exame, mas ele não torna nada mais fácil para mim, nem pa-

---

[9] Albert Sigmund Gustav Döderlein (1860-1941), ginecologista e doutor em medicina alemão com importantes descobertas no seu campo de especialidade, autor de um manual de obstetrícia. (N. da T.)

ra a parturiente, eu não entendo absolutamente nada e não consigo sondá-la por dentro.

E já é hora de decidir alguma coisa.

— Situação transversa... Já que está em situação transversa, quer dizer que precisamos... precisamos fazer...

— Uma versão podálica — Anna Nikoláievna não se segurou e observou, como que para si mesma.

Um médico velho e experiente a olharia torto por estar se intrometendo em suas conclusões... Mas eu não era uma pessoa suscetível...

— Sim — confirmei com ar importante —, uma versão podálica.

E perante os meus olhos começaram a desfilar as páginas do Döderlein. Versão direta... Versão combinada... Versão indireta...

Páginas e mais páginas... E nelas, desenhos. A bacia, bebês inclinados, estrangulados e com enormes cabeças... Um bracinho pendente, com um nó em volta.

E olha que eu tinha lido recentemente. E ainda sublinhei o texto, meditando atentamente sobre cada palavra, prefigurando na minha mente a correlação das partes e todas as técnicas. E, enquanto lia, me parecia que o texto inteiro ia se imprimindo para sempre no meu cérebro.

Mas agora, de tudo que fora lido, só vinha à tona uma frase:

"Uma situação transversal é uma situação absolutamente desfavorável."

Verdade inegável. Absolutamente desfavorável tanto para a própria mulher como para um médico que concluíra a universidade seis meses atrás.

— Bem, então... vamos fazer — eu disse, soerguendo-me.

O rosto de Anna Nikoláievna se animou.

— Demián Lukitch — ela se dirigiu ao enfermeiro —, prepare o clorofórmio.

Ainda bem que ela falou, porque eu ainda não tinha certeza se a operação devia ser feita sob anestesia. Sim, claro que sob anestesia, como seria diferente?!

Mas ainda assim seria preciso folhear o Döderlein...

E eu disse, após lavar as mãos:

— Certo, senhores... Vocês preparem a anestesia e apliquem. Eu volto já, vou só pegar uns cigarros em casa.

— Tudo bem doutor, dá tempo — respondeu Anna Nikoláievna.

Enxuguei as mãos, a auxiliar de enfermagem cobriu meus ombros com o casaco, e eu, sem vestir-lhe as mangas, corri para casa.

Em casa, no gabinete, acendi uma lâmpada e, sem nem tirar o chapéu, lancei-me em direção ao armário de livros.

Lá estava ele, o Döderlein. Obstetrícia cirúrgica. Comecei a folhear apressadamente as paginazinhas lustrosas.

"... a versão sempre representa uma operação perigosa para a mãe..."

Um calafrio subiu rastejando pela minha espinha.

"... o principal perigo consiste na possibilidade de rompimento espontâneo do útero."

Es-pon-tâ-ne-o...

"... se, ao inserir a mão no útero, em razão da falta de espaço ou por influência das contrações de suas paredes, o obstetra encontrar dificuldades para alcançar a perna, deve renunciar a ulteriores tentativas de realizar a versão..."

Certo. Se por algum milagre eu souber avaliar essas "dificuldades" e renunciar às "ulteriores tentativas", o que, pergunta-se, vou fazer com a mulher dopada com clorofórmio da aldeia de Dultsevo?

Mais adiante:

"... é absolutamente proibido tentar alcançar as pernas pelas costas do bebê..."

Tomemos nota disso.

"... é de se considerar um erro agarrar a criança pelas coxas, uma vez que, ao se fazer isso, facilmente pode ocorrer a virada axial do feto, o que pode dar caso a um grave encaixamento do bebê na bacia e, em razão disso, às mais tristes consequências..."

"Tristes consequências." Palavras um pouco indefinidas, mas tão impressionantes! E se o marido da mulher de Dultsevo ficar viúvo? Enxuguei o suor da testa, reuni forças e, passando ao largo de todas essas zonas assustadoras, tentei me lembrar apenas do mais essencial: o que, precisamente, eu devia fazer, como e onde inserir a mão. Mas, percorrendo as linhas negras, eu tropeçava o tempo todo em novas coisas assustadoras. Elas esguichavam nos meus olhos.

"... em vista do enorme perigo de ruptura..."

"... as versões interna e combinada devem ser tratadas como as operações obstétricas mais perigosas para a mãe..."

E, servindo de acorde de encerramento:

"... o perigo aumenta a cada hora de protelação..."

Chega! A leitura produziu seus frutos: na minha cabeça tudo ficou completamente confuso, e no mesmo instante me convenci de que não entendia era mais nada, nem — o mais importante — qual versão, precisamente, eu faria: combinada, não combinada, direta, indireta...

Larguei o Döderlein e me joguei na poltrona, esforçando-me para chamar à ordem os pensamentos que se dispersavam... Depois dei uma olhada no relógio. Inferno! Ao que se via, eu já estava em casa havia doze minutos. E lá me esperavam.

"... a cada hora de protelação..."

Horas se compõem de minutos, e os minutos, em tais casos, voam furiosamente. Joguei o Döderlein longe e corri de volta para o hospital.

Lá, tudo já estava pronto. O enfermeiro, de pé junto à mesinha, preparava a máscara e o frasco com o clorofórmio.

A estreia obstétrica

A parturiente já estava deitada na mesa de operação. Um gemido ininterrupto se espalhava pelo hospital.

— Aguente firme, aguente — balbuciava carinhosamente Pelagueia Ivánovna, inclinada sobre a mulher —, o doutor já vai te ajudar...

— A-ai! Minhas forças... não tenho... não tenho forças!... Não vou aguentar!

— Que nada... que nada... — balbuciou a parteira. — Vai aguentar sim! Vamos te dar uma coisinha para cheirar agorinha... Você nem vai escutar nada.

A água corria ruidosamente das torneiras, e eu e Anna Nikoláievna nos pusemos a limpar e lavar os braços nus até os cotovelos. Anna Nikoláievna estava me contando, sob o barulho do gemido e dos brados, como o meu predecessor — um cirurgião experiente — fazia versões. Eu a escutava com avidez, tentando não proferir nem uma palavra. E aqueles dez minutos me foram mais úteis que tudo que eu tinha lido sobre obstetrícia para os exames públicos, nos quais eu recebera um "excelente" justo nessa matéria. Dos fragmentos de palavras, frases incompletas e insinuações lançadas de passagem eu aprendi o indispensável, que não se encontra em nenhum livro. E, na hora em que comecei a secar com uma gaze esterilizada as minhas mãos, que estavam no nível ideal de limpeza e brancura, uma resolução já me havia dominado, e na minha cabeça traçara-se um plano completamente sólido e definido. Combinado ou não combinado, agora eu não precisava nem pensar nisso.

Todas essas palavras científicas não tinham propósito naquele momento. Só uma coisa importava: eu precisava inserir uma mão por dentro, com a outra mão, por fora, auxiliar a versão, e, apoiando-me não em livros, mas no senso de medida, sem o qual um médico não chega a lugar nenhum, cautelosamente, mas com persistência, fazer descer uma perninha e por ela extrair o bebê.

Eu devia ser calmo e atento, e ao mesmo tempo infinitamente resoluto, sem me acovardar.

— Vamos — ordenei ao enfermeiro, e comecei a untar os dedos com iodo.

Pelagueia Ivánovna imediatamente juntou as mãos da parturiente, e o enfermeiro cobriu com a máscara o seu rosto torturado. Do frasco amarelo escuro, o clorofórmio pôs-se a gotejar lentamente. Um cheiro doce e nauseante começou a encher a sala. Os rostos do enfermeiro e das parteiras tornaram-se severos, como que inspirados...

— A-ah! Ah! — a mulher berrou de repente. Ela se debateu convulsivamente por alguns segundos, tentando se livrar da máscara.

— Segura!

Pelagueia Ivánovna segurou suas mãos, acomodou-as e apertou-as junto ao peito. A mulher berrou mais algumas vezes, tentando arrancar o rosto da máscara. Mas isso foi ficando mais raro... e mais raro... Ela balbuciou com uma voz abafada:

— Aa-ah... Solta! ah!...

Depois cada vez mais e mais debilmente. Fez-se silêncio na sala branca. Gotas transparentes continuavam a cair na gaze branca.

— E o pulso, Pelagueia Ivánovna?

— Está bom.

Pelagueia Ivánovna levantou a mão da mulher e a soltou. A mão, inanimada, tombou sobre o lençol como uma chicotada.

O enfermeiro, deslocando a máscara, examinou uma das pupilas dela.

— Está dormindo.

Uma poça de sangue. Meus braços ensanguentados até os cotovelos. Manchas sangrentas no lençol. Coágulos vermelhos e bolotas de gaze. Mas Pelagueia Ivánovna já está sacudindo o bebê e dando-lhe palmadinhas. Aksínia faz barulho com os baldes, derramando água nas bacias. Imergem o bebê ora em água fria, ora em água quente. Ele está quieto, e a cabeça, inerte, oscila de um lado para o outro, como se pendesse de um fio. Mas de repente ouve-se um misto de rangido e suspiro e, em seguida, um fraco e rouco primeiro grito.

— Está vivo... vivo... — balbucia Pelagueia Ivánovna, e coloca o bebê sobre uma almofada.

A mãe também está viva. Felizmente, nada terrível aconteceu. Eu mesmo sinto o pulso. Sim, está regular e nítido, e o enfermeiro sacode mansamente a mulher pelo ombro e diz:

— Ei, titia. Titia, acorde.

Arrojam para o lado os lençóis ensanguentados e apressadamente cobrem a mãe com um limpo, e o enfermeiro e Aksínia a transportam para a enfermaria. O bebezinho, já de fralda, parte em cima de uma almofada. O rostinho castanho enrugado olha desde a moldura branca, e não se interrompe o guincho fino e choroso.

A água corre das torneiras das pias. Anna Nikoláievna traga avidamente um cigarro, aperta os olhos por causa da fumaça, tosse.

— O senhor, doutor, fez uma versão muito boa, com muita confiança.

Eu esfrego as mãos furiosamente, olho para ela de esguelha: será que não está zombando? Mas no seu rosto há uma expressão sincera de briosa satisfação. Meu coração está cheio de alegria. Dou uma olhada na desordem branca e sangrenta à nossa volta, na água vermelha da bacia, e me sinto um vencedor. Mas em algum lugar lá no fundo agita-se o verme da dúvida.

— Veremos ainda o que vai acontecer daqui para diante — eu digo.

Anna Nikoláievna ergue os olhos para mim, surpresa.

— E o que é que pode acontecer? Terminou tudo bem.

Balbucio algo indistinto em resposta. O que eu queria dizer, precisamente, era: será que está tudo inteiro na mãe? Será que eu não lhe causei algum dano durante a operação? É isso que me rasga ligeiramente o coração. Mas meus conhecimentos em obstetrícia eram tão imprecisos, tão livrescos! Uma ruptura? E como ela se manifestaria? E quando dar-se-ia a conhecer, agora ou, talvez, mais tarde? Não, era melhor nem falar nesse assunto.

— Bem, nunca se sabe — eu digo —, não está excluída a possibilidade de contaminação — repito a primeira frase de manual que me vem à cabeça.

— Ah, i-isso! — Anna Nikoláievna arrasta a palavra, em tom calmo. — Bom, se Deus quiser, não vai acontecer nada. Aliás, contaminação por onde? Tudo está esterilizado, limpo.

* * *

Eram duas e pouco quando voltei para casa. Sobre a mesa, no gabinete, na mancha projetada pela luz da lâmpada, jazia o Döderlein, pacificamente aberto na página "Riscos da versão". Engolindo o chá frio, ainda passei uma hora sentado, debruçado sobre ele, folheando as páginas. E então aconteceu uma coisa interessante: todas as partes anteriormente obscuras se tornaram completamente compreensíveis, como que se encheram de luz, e ali, sob a lâmpada, no meio da noite, naquele fim de mundo, eu entendi o que é o verdadeiro conhecimento.

"Pode-se adquirir muita experiência no campo", pensei, adormecendo, "mas é preciso ler, ler, ler... mais um pouquinho..."

A estreia obstétrica

GARGANTA DE AÇO

Pois bem, eu fiquei sozinho. À minha volta havia a escuridão de novembro e a neve rodopiante; a casa se cobria de neve, o vento uivava nos canos. Passei todos os vinte e quatro anos da minha vida morando em uma cidade enorme, e pensava que a tempestade de neve só uivava nos romances. Acontece que ela uiva de verdade. As noites aqui são incomumente longas, a lâmpada embaixo do abajur azul se refletia na janela escura, e eu devaneava, olhando para a mancha luminosa à minha esquerda. Sonhava com a capital da província, que se encontrava a quarenta verstas de distância. Queria muito fugir do meu posto para lá. Lá havia eletricidade, quatro médicos — seria possível me aconselhar com eles; em todo caso, não seria tão assustador. Mas não havia nenhuma possibilidade de fugir, e às vezes eu mesmo entendia que isso não passava de covardice. Afinal, fora exatamente para isso que eu cursara medicina...

"... Bem, mas e se trouxerem uma mulher com complicações no trabalho de parto? Ou, suponhamos, um paciente com uma hérnia estrangulada? O que é que eu vou fazer? Aconselhem-me, por gentileza. Terminei a faculdade com mérito há quarenta e oito dias, mas mérito é uma coisa, e hérnia é outra. Uma vez, vi o professor fazer uma operação de hérnia estrangulada. Ele operando, e eu sentado no anfiteatro. E só..."

Suor frio corria pela minha espinha, às vezes, quando eu

pensava em hérnias. Toda noite eu me sentava na mesma posição, depois de servir-me de chá; sob a minha mão esquerda jaziam todos os manuais de parto cirúrgico, e no topo deles o pequeno livro de Albert Döderlein. À minha direita, diversos tomos sobre cirurgia, ilustrados. Eu gemia, fumava, bebia chá preto frio...

E então adormeci: lembro muito bem daquela noite; era 29 de novembro, e eu acordei com um estrondo na porta. Passados cinco minutos, já vestindo as calças, eu não tirava os olhos suplicantes dos divinos livros sobre cirurgia. Escutei o rangido de trenó no quintal: meus ouvidos se tornaram especialmente sensíveis. A coisa me saiu, talvez, ainda pior que uma hérnia ou que um bebê na transversal: trouxeram-me uma menininha para o posto de atendimento médico em Nikólskoie,[10] às onze da noite. A auxiliar de enfermagem disse em voz baixa:

— A menina está fraca, vai morrer... Venha para o hospital, doutor, faça o favor...

Lembro que cruzei o quintal, fui em direção ao lampião de querosene na entrada do hospital, olhando, como que encantado, ele piscar. O consultório já estava iluminado, e toda a equipe dos meus ajudantes me esperava, já vestidos e de jaleco. Eram o enfermeiro Demián Lukitch, ainda jovem, mas muito competente, e duas experientes parteiras: Anna Nikoláievna e Pelagueia Ivánovna. Eu, de minha parte, era apenas um médico de vinte e quatro anos de idade, que havia dois meses se formara e fora designado para gerir o hospital de Nikólskoie.

O enfermeiro escancarou a porta, solenemente, e a mãe apareceu. Ela como que entrou voando, deslizando nas bo-

---

[10] Neste conto, o primeiro do ciclo a ser publicado, Bulgákov utiliza o nome real do vilarejo, em vez de sua contraparte ficcional, Múrievo. (N. da T.)

Garganta de aço

tas de feltro, e a neve ainda não tinha derretido em seu lenço. Em seus braços havia um embrulho que chiava e silvava de modo cadenciado. O rosto da mãe estava deformado, ela chorava sem emitir som. Quando despiu o sobretudo de peles e o lenço e desembrulhou o pacotinho, vi uma menina de uns três anos. Olhei para ela e esqueci por um momento a cirurgia, a solidão, a minha imprestável carga universitária, esqueci decididamente de tudo graças à beleza da menininha. Com o que compará-la? Só nas caixas de doces desenham crianças assim: os cabelos eram naturalmente cacheados em grandes anéis quase da cor do centeio maduro. Olhos azuis, imensos, bochechas de boneca. Desenhavam anjos assim. Entretanto, uma estranha cerração se aninhava no fundo dos seus olhos, e eu entendi que era medo: ela não tinha por onde respirar. "Morrerá em uma hora", pensei, com absoluta certeza, e meu coração se confrangeu morbidamente...

Covinhas se cavavam na garganta da menininha a cada tomada de fôlego, as veias inflamavam, e o rosto passava de rosadinho para uma cor levemente lilás. Entendi e avaliei de imediato essa mudança de coloração. Percebi no ato qual era o problema, e pela primeira vez dei um diagnóstico totalmente correto, e — o principal — ao mesmo tempo que as parteiras, que eram experientes: "A menina tem um crupe diftérico, a garganta já está tapada pelas membranas e logo vai se fechar por completo...".

— Há quantos dias a menina está doente? — perguntei, em meio ao silêncio atento do meu pessoal.

— É o quinto dia, o quinto — disse a mãe, e olhou-me profundamente com olhos secos.

— É crupe diftérico — eu disse, entre os dentes, ao enfermeiro, e para a mãe falei: — No que você estava pensando, hein? No que estava pensando? — E, nesse momento, ouviu-se atrás de mim uma voz chorosa:

— O quinto dia, paizinho, o quinto!

Virei-me e vi uma velhota silenciosa, de rosto redondo envolto em um lenço. "Seria bom se velhotas assim nem sequer existissem no mundo", pensei, num melancólico pressentimento de perigo, e disse:

— Você, vovó, fique quieta, está atrapalhando. — E para a mãe, repeti: — No que estava pensando?! O quinto dia?! É?

De repente, a mãe entregou a menininha para a velhota num movimento automático e se ajoelhou diante de mim.

— Dê-lhe umas gotinhas — ela disse, e bateu com a testa no chão. — Eu me enforco se ela morrer.

— Levante-se agora mesmo — eu respondi —, ou não vou nem começar a falar com você.

A mãe se levantou rapidamente, fazendo farfalhar a ampla saia, recebeu a menininha da velhota e se pôs a balançá-la. A velhota começou a rezar no umbral, e a menininha continuava a respirar com um assobio de serpente. O enfermeiro disse:

— Todos eles fazem assim. O povo. — Seu bigode crispou-se para um lado, ao dizer isso.

— Quer dizer então que ela vai morrer? — a mãe perguntou, olhando para mim com uma ira tétrica, segundo me pareceu.

— Morrerá — eu disse, em tom baixo e firme.

A velhota imediatamente arregaçou a fímbria da roupa e pôs-se a secar os olhos com ela. A mãe, por sua vez, gritou-me com uma voz nada boa:

Dê alguma coisa, acuda! Dê umas gotinhas!

Vi claramente o que me esperava, e permaneci firme.

— Mas que gotas que vou dar para ela? Sugira. A menina está sufocando, a garganta dela já está fechada. Você passou cinco dias matando-a a quinze verstas de distância de mim. E agora o que me ordena que faça?

— Você quem sabe melhor, paizinho — a velhota pôs-

Garganta de aço 49

-se a choramingar atrás do meu ombro esquerdo com uma voz dissimulada, e eu imediatamente a odiei.

— Cale-se! — eu lhe disse. E, virando-me para o enfermeiro, mandei que pegasse a menina. A mãe entregou a menina para uma parteira, e a criança começou a se debater e quis, visivelmente, gritar, mas já não tinha saída para a voz. A mãe quis protegê-la, mas nós a afastamos, e eu consegui examinar a garganta da menina à luz do lampião de querosene. Até aquele momento, eu nunca tinha visto um doente com difteria, exceto uns casos leves, dos quais eu logo esqueci. Naquela garganta havia algo fervilhante, branco, roto. De repente, a menina expirou e me cuspiu no rosto, mas, por algum motivo, ocupado com um pensamento, não receei pelos meus olhos.

— Veja só — eu disse, surpreendendo-me com a minha própria tranquilidade —, o caso é o seguinte. É tarde. A menina está morrendo. E nada poderá ajudá-la, salvo uma coisa: uma operação. — E eu mesmo me aterrorizei por ter dito isso, mas não podia não dizer. "E se elas concordarem?", ocorreu-me o pensamento.

— Como assim? — a mãe perguntou.

— Será preciso cortar a garganta mais embaixo e colocar um tubinho de prata, para dar à menina possibilidade de respirar, então, talvez, nós a salvemos — expliquei.

A mãe olhou para mim como se eu estivesse louco, e tapou a menina da minha vista com os braços, enquanto a velhota novamente balbuciou:

— Mas o quê?! Não deixe cortar! Está louco? Logo a garganta?!

— Chispa, velhota! — eu lhe disse, com ódio. — Injete a cânfora — falei para o enfermeiro.

A mãe não entregou a menina quando viu a seringa, mas nós lhe explicamos que não havia nada a temer.

— Pode ser que só isso já ajude? — a mãe perguntou.

— Não vai ajudar nem um pouco.

Então a mãe começou a soluçar.

— Pare — proferi. Tirei o relógio do bolso e adicionei:
— Dou cinco minutos para pensarem. Se não concordarem,
depois dos cinco minutos eu mesmo já não me disponho a
fazer.

— Não concordo! — a mãe disse, bruscamente.

— Não tem nosso consentimento! — adicionou a velhota.

— Bem, como quiserem — adicionei em voz baixa, e
pensei: "Bem, então é isso! Fico mais leve. Eu disse, eu pro-
pus, e as parteiras estão lá com um olhar admirado. Elas re-
cusaram, e eu estou salvo". E tinha acabado de pensar isso,
quando outro alguém, como se fosse eu, proferiu com uma
voz que não me pertencia:

— O que deu em vocês, enlouqueceram? Como assim
não concordam? Estão matando a menina. Permitam. Vocês
não têm pena?

— Não! — a mãe gritou novamente.

Dentro de mim, pensei: "O que estou fazendo? Vou é
acabar degolando a menina". Mas falei outra coisa:

— Vamos, rápido, rápido, permitam! Permitam! As
unhas dela já estão ficando azuis.

— Não! Não!

— Ora, que coisa, leve-as para a enfermaria, que fiquem
lá.

Conduziram-nas pelo corredor imerso na penumbra. Eu
escutava o choro das mulheres e o assobio da menininha. O
enfermeiro voltou rapidamente e disse:

— Deram o consentimento!

Tudo se petrificou dentro de mim, mas eu disse com clareza:

— Esterilizem sem demora a faca, os bisturis, os ganchos e a sonda!

Garganta de aço

Atravessei em um átimo o quintal onde a nevasca voava, deslizando como um demônio, corri para o meu quarto e, contando os minutos, agarrei um livro, folheei-o, encontrei um desenho ilustrando uma traqueotomia. Nele tudo era claro e simples: a garganta escancarada, a faca cravada na traqueia. Comecei a ler o texto, mas não entendi nada, as palavras como que pulavam nos meus olhos. Nunca vi fazerem uma traqueotomia. "Eh, agora já é tarde", pensei, relanceando o olhar melancólico para a luz azulada, para o desenho vívido; senti que me cabia uma tarefa difícil, assustadora, e voltei para o hospital sem reparar na tempestade de neve.

No consultório, uma sombra com saias rodadas grudou-se a mim, e uma voz se pôs a choramingar:

— Paizinho, como assim cortar a garganta da menininha? Dá pra imaginar uma coisa dessas? Ela, aquela mulher tola, permitiu. Mas o meu consentimento você não tem, não tem. Concordo que tratem com gotinhas, mas não vou deixar cortarem a garganta.

— Sumam com essa velhota! — gritei, e adicionei num arroubo: — É você que é uma mulher tola! Você! Aquela lá é bem inteligente! E, no fim das contas, ninguém te perguntou! Fora daqui com ela!

Uma parteira abraçou a velhota com tenacidade e a empurrou para fora da enfermaria.

— Tudo pronto! — disse o enfermeiro, de repente.

Entramos no pequeno centro cirúrgico, e, como que através de uma cortina, eu vi os instrumentos brilhantes, a lâmpada ofuscante, o oleado... Saí uma última vez para onde estava a mãe, de cujos braços tinham acabado de arrancar a menininha. Escutei apenas uma voz rouca, que falava: "Meu marido não está. Está na cidade. Vai chegar, descobrir o que eu fiz, e vai me matar!".

— Vai matar mesmo — repetiu a velhota, olhando para mim aterrorizada.

— Não deixem elas entrarem na sala de operação! — ordenei.

Ficamos sozinhos na sala de operação. A equipe, Lidka (a menininha) e eu. Ela, despida, estava sentada sobre a mesinha e chorava sem emitir som. Deitaram-na despida na mesa, lavaram a garganta dela, besuntaram com iodo, e eu peguei o bisturi, enquanto pensava: "O que estou fazendo?!". Peguei o bisturi e tracei uma linha vertical na garganta branca e rechonchuda. Nem uma gota de sangue saiu. Tracei uma segunda vez com o bisturi a listinha branca que surgia no meio da pele que se abrira. De novo, nada de sangue. Lentamente, tentando me lembrar de algum dos desenhos do compêndio, comecei a separar os tecidos fininhos com ajuda da sonda acanalada. E então, de algum lugar por baixo da incisão, começou a jorrar um sangue escuro, que instantaneamente a inundou e escorreu pelo pescoço. O enfermeiro começou a enxugá-lo com tampões de gaze, mas nada de ele estancar. Lembrando-me de tudo que vi na universidade, pus-me a fechar as extremidades da incisão com pinças, mas não adiantou nada. Gelei, e minha testa estava toda molhada. Lamentava enfaticamente. Para que fui fazer faculdade de medicina? Por que tinha que vir parar nesse fim de mundo? Num desespero raivoso, meti uma pinça ao acaso, em algum lugar próximo da incisão, fechei-a, e o sangue parou de correr na hora. Usamos bolas de gaze para absorver o sangue que restava na incisão, e ela se apresentou a mim limpa e absolutamente incompreensível. Não se via traqueia em lugar nenhum. Minha incisão não se parecia com nenhum desenho. Ainda se passaram dois ou três minutos, durante os quais fiquei esgaravatando na incisão de forma completamente mecânica e atrapalhada, ora com o bisturi, ora com a sonda acanalada, procurando a traqueia. E ao fim do segundo minuto perdi a esperança de encontrá-la. "É o fim", pensei. "Pra que fui fazer isso? Bem que eu podia não ter proposto a operação, e Lidka morreria tranquilamente na minha enfermaria, mas agora vai morrer com a garganta esfrangalhada, e eu nunca, de modo algum, conseguirei demonstrar que ela já ia morrer de qualquer forma, que eu não tinha como lhe causar mais danos..." A parteira enxugou minha testa em silêncio. "É melhor depor a faca, dizer: não sei o que fazer a seguir." Foi eu pensar isso e surgiram diante de mim os olhos da mãe. Ergui a faca novamente e dei uma navalhada profunda, abrupta e sem sentido em Lidka. Os tecidos se afastaram, e, inesperadamente, a traqueia surgiu na minha frente.

— Ganchos! — soltei, roufenho.

O enfermeiro os entregou. Espetei um gancho de cada lado e passei um deles para o enfermeiro. Agora eu via somente uma coisa: os aneizinhos cinzentos da traqueia. Introduzi um bisturi afiado na traqueia — e petrifiquei de medo. A traqueia se ergueu para fora da incisão; o enfermeiro, segundo me passou pela cabeça, enlouquecera: começara de repente a puxá-la com força para fora. As duas parteiras fizeram "Oh!" atrás de mim. Ergui os olhos e entendi qual era o problema: ocorre que o enfermeiro começara a desmaiar por conta do ar sufocante, e, sem soltar o gancho, estava arrancando a traqueia. "Tudo está contra mim. Ah, o destino", pensei, "agora a gente degolou mesmo a menina", e adicionei severamente, em pensamento: "Vou para casa de uma vez e dou um tiro na cabeça...". Aí a parteira mais velha, visivelmente muito experiente, como que disparou ferozmente para cima do enfermeiro e arrancou o ganchinho da mão dele, e ainda disse, cerrando os dentes:

— Continue, doutor...

O enfermeiro caiu com uma pancada, bateu contra alguma coisa, mas nós não olhamos para ele. Introduzi o bisturi na traqueia, e então coloquei nela um caninho prateado. Ele escorregou para dentro comodamente, mas Lidka permanecia imóvel. O ar não entrava na garganta dela, como era necessário. Dei um profundo suspiro e parei: não havia mais nada que eu pudesse fazer. Eu queria pedir perdão para alguém, fazer penitência por minha leviandade em ter ousado entrar na faculdade de medicina. Fez-se silêncio. Vi Lidka ficar azul. Eu já queria largar tudo e chorar, quando de repente Lidka estremeceu selvagemente, expeliu pelo tubinho os resquícios de coágulos, como uma fonte, e o ar entrou com um assobio em sua traqueia; depois a menina começou a respirar e a chorar. O enfermeiro soergueu-se nesse instante, pálido e suado, lançou um olhar estúpido e aterrorizado para a garganta e começou a me ajudar a costurá-la.

Através do sono e da camada de suor que me encobria os olhos, vi os rostos felizes das parteiras, e uma delas me disse:

— O senhor fez uma operação brilhante mesmo, doutor.

Pensei que ela estava rindo da minha cara e lancei-lhe um olhar sombrio de soslaio. Depois as portas se abriram de par em par, sentiu-se um frescor. Levaram Lidka em um lençol, e logo em seguida a mãe apareceu na porta. Os olhos dela estavam como os de um animal selvagem. Ela me perguntou:

— E então?

Quando ouvi a voz dela, o suor correu-me pela espinha, e só então imaginei o que aconteceria se Lidka tivesse morrido na mesa de operação. Mas, com uma voz muito calma, respondi:

— Acalme-se. Está viva. Continuará, eu espero, viva. Só que não dirá nenhuma palavra enquanto não retirarmos o tubinho, então não se assuste.

E nesse momento a velhota surgiu de debaixo da terra e se persignou para a maçaneta, para mim, para o teto. Mas eu já não me irritei com ela. Virei-me, mandei injetarem cânfora em Lidka e velarem em turnos ao lado dela. Então fui

Garganta de aço

55

para a minha casa cruzando o quintal. Lembro que uma luz azulada ardia no meu gabinete, Döderlein jazia por ali, os livros estavam atirados. Aproximei-me do divã ainda vestido, deitei e de imediato deixei de ver o que quer que fosse; adormeci, e nem sonhos tive.

Passou-se um mês, outro. Eu já tinha visto muita coisa, e houve coisas mais assustadoras que a garganta de Lidka. Até me esquecera dela. A neve nos cercava, as consultas aumentavam a cada dia. E certa vez, já no ano seguinte, uma mulher entrou no meu consultório trazendo pela mão uma menininha roliça de tão agasalhada. Os olhos da mulher brilhavam. Olhei atentamente e reconheci.

— Ah, Lidka! Bem, e então?

— Está tudo muito bem.

Desembrulharam a garganta de Lidka. Ela se esquivava e estava com medo, mas mesmo assim consegui levantar o queixo e dar uma olhada. No pescoço rosado havia uma cicatriz marrom vertical e duas transversais e fininhas, das suturas.

— Tudo em ordem — eu disse —, já não precisa mais vir.

— Agradeço, doutor, obrigada — disse a mãe, e ordenou a Lidka: — Diga obrigada para o titio!

Mas Lidka não desejava me dizer nada. Nunca mais a vi. Comecei a esquecê-la. E minhas consultas continuavam aumentando. Chegou um dia em que atendi cento e dez pessoas. Nós começamos às nove horas da manhã e terminamos às oito da noite. Eu, cambaleando, tirava o jaleco. A parteira-enfermeira mais velha me disse:

— Agradeça à traqueotomia por esse monte de consultas. O senhor sabe o que estão dizendo nos povoados? Que colocaram na Lidka doente uma garganta de aço no lugar da dela, e costuraram. Vem gente para essa vila especialmente para dar uma olhadinha nela. É mais glória para o senhor, doutor, meus parabéns.

— E ela vive com a de aço? — perguntei.

— Vive. Bem, mas o senhor, doutor, é formidável. E o sangue-frio com que atua, fascinante!

— Hm, sim... sabe, nunca fico nervoso — eu disse, sei lá por quê, mas senti que de tão cansado não conseguia nem me envergonhar, apenas desviei os olhos. Despedi-me e fui para casa. Um monte de neve caía, cobria tudo. O lampião ardia, e a minha casa estava lá, solitária, calma e altiva. E eu, quando fui para lá, só desejava uma coisa: dormir.

TEMPESTADE DE NEVE

Às vezes uiva como fera,
Às vezes chora como bebê.[11]

Toda esta história começou, nas palavras da onisciente Aksínia, quando o auxiliar administrativo Paltchikov, que vivia em Chalometievo, se apaixonou pela filha do engenheiro-agrônomo. O amor era ardente, mirrava o coração do pobrezinho. Ele foi a Gratchióvka, capital da província, e encomendou para si um terno.

O terno ficou deslumbrante, e é muito possível que as listrinhas cinzentas das calças sociais tenham decidido o destino do infeliz. A filha do engenheiro-agrônomo aceitou se tornar sua esposa.

Eu que vos falo sou o médico do hospital de N., setor da *gubiérnia*[12] tal, e fiquei tão famoso depois que amputei a perna de uma menina que caiu na máquina de espadelar, que quase pereci sob o peso da minha própria glória. Pelo caminho aplainado dos trenós, começaram a vir cerca de cem camponeses por dia para se consultarem comigo. Parei de almoçar. A aritmética é uma ciência cruel. Suponhamos que com cada um dos meus cem pacientes eu gastasse apenas cinco minutos... cinco! Seriam quinhentos minutos, logo, oito

---

[11] Versos do poema "Noite de inverno" ("Zímnii viétcher", 1825), de Aleksandr Púchkin. (N. da T.)

[12] Na Rússia, até 1929, divisões administrativas a cargo de um governador. (N. da T.)

horas e vinte minutos. Sem pausas, reparem. E, além disso, eu tinha uma ala de internação com capacidade para trinta pessoas. E, além disso, eu também operava.

Numa palavra, ao voltar do hospital às nove da noite, eu não queria comer, nem beber, nem dormir. Não queria nada além de que ninguém viesse me chamar para fazer um parto. E, em duas semanas, me carregaram cinco vezes de madrugada pelo caminho dos trenós. Uma umidade sombria surgiu-me nos olhos, e, acima do nariz, uma dobra vertical, como uma minhoca. De noite, naquela névoa instável, eu via operações malsucedidas, costelas expostas, e as minhas próprias mãos cobertas de sangue humano, e acordava grudento e gelado, a despeito da estufa de tijolos quentinha. Eu ia fazer a ronda com um andar impetuoso; seguiam-me o enfermeiro, a enfermeira e duas auxiliares de enfermagem. Parando ao lado de uma cama em que jazia um doente derretendo de febre e respirando lastimosamente, eu espremia do meu cérebro tudo o que havia nele. Meus dedos apalpavam a pele seca, pelando, eu olhava as pupilas, batia de leve nas costelas, escutava o coração bater misteriosamente nas profundezas e trazia em mim um único pensamento: como salvá-lo? Este também, tenho que salvar. E este! Todos eles!

Uma luta transcorria. Começava todo dia de manhã, na pálida luminescência da neve, e terminava sob a cintilação amarela do lampião ardente.

"Como isso acabará? Eu gostaria de saber", dizia para mim mesmo à noite. "Os trenós continuarão vindo desse jeito em janeiro e fevereiro, e em março também."

Escrevi para Gratchióvka e insinuei educadamente que no postinho de N. precisávamos de um segundo médico.

A carta percorreu quarenta verstas num trenó de carga pelo oceano liso e nevado. Três dias depois chegou a resposta; escreveram que claro, claro... haveria sem falta... só que não agora... ninguém viria por enquanto...

Tempestade de neve

Concluíam a carta com alguns comentários agradáveis sobre o meu trabalho e votos de ulteriores sucessos.

Animado por eles, pus-me a tamponar, injetar soro antidiftérico, cortar abscessos de tamanhos monstruosos, engessar...

Na terça vieram não cem, mas cento e onze pessoas. Terminei as consultas às nove da noite. Adormeci tentando adivinhar quantos viriam no dia seguinte, na quarta. Sonhei que vinham novecentas pessoas.

A manhã espiou pela janelinha do quarto de um jeito especialmente branco. Abri os olhos sem entender o que me despertara. Depois compreendi: uma batida na porta.

— Doutor — reconheci a voz da parteira Pelagueia Ivánovna —, o senhor já acordou?

— Uhum — respondi, com uma voz selvagem, meio dormindo, meio acordado.

— Vim dizer para o senhor não se apressar a ir para o hospital. Vieram apenas duas pessoas.

— Não!... Está brincando?

— Palavra de honra. Está caindo uma tempestade de neve, doutor, uma tempestade — ela repetiu alegremente, no buraco da fechadura. — E estes dois estão apenas com os dentes cariados. O Demián Lukitch vai arrancar.

— Veja só... — até saltei da cama, sabe-se lá por quê. Foi um diazinho maravilhoso. Feita a ronda, andei pelos meus aposentos o dia inteiro (o apartamento do médico consistia de seis cômodos e, por algum motivo, tinha dois andares: três cômodos em cima, e três cômodos mais a cozinha embaixo), assoviei uma ópera, fumei, tamborilei na janela... E, do outro lado das janelas, sucedia algo jamais visto por mim até então. Não havia céu nem terra. A branquidão girava e rodopiava de viés, obliquamente, reto e na transversal, como se o inferno brincasse com pó dentifrício.

Ao meio-dia, dei uma ordem a Aksínia, que cumpria as

funções de cozinheira e arrumadeira do apartamento do médico: ferver três baldes e um caldeirão de água. Fazia um mês que eu não me lavava.

Com a ajuda de Aksínia, extraí uma tina de dimensões extraordinárias da despensa. Nós a instalamos no chão da cozinha (nem se podia falar em banheiro em N., é claro. Só havia salas de banho no hospital, e estragadas, ainda por cima).

Por volta das duas horas da tarde, a rede rodopiante além da janela rareara significativamente, e eu estava sentado na tina, nu e com a cabeça ensaboada.

— Disso eu enteeendo... — balbuciei docemente, derramando a água escaldante nas minhas costas —, disso eu enteeendo. E depois, sabe, almoçaremos, e depois iremos dormir. E se eu conseguir dormir bem pra valer, que venham cento e cinquenta pessoas amanhã. Quais são as novas, Aksínia?

Aksínia estava sentada do outro lado da porta, esperando terminar a operação banho.

— O auxiliar administrativo da fazenda de Chalometievo vai se casar — respondeu Aksínia.

— Ah é?! Ela aceitou?

— Por Deus, sim! Ele está apaixonaaado... — cantarolou Aksínia, fazendo um estrondo com a louça.

— E a noiva, é bonita?

— Uma beldade de primeira classe! Loira, delicada...

— Veja só!...

E nessa hora espancaram a porta. Enxaguei-me, carrancudo, e me pus a escutar.

— O doutor está tomando banho... — trinou Aksínia.

— Mmm... Mmm... — resmungou uma voz de baixo.

— Um bilhete para o senhor, doutor — piou Aksínia.

— Passe pela fresta da porta.

Arrastei-me para fora da tina, espremendo-me e indignando-me com o destino, e tomei da mão de Aksínia um envelopinho um tanto úmido.

Tempestade de neve

— Ora, isso é que não! Não vou sair desta tina. Afinal, eu também sou gente — disse a mim mesmo, sem muita certeza e, de dentro da tina, deslacrei o bilhete.

"Prezado colega (*um grande ponto de exclamação*). Rog (*riscado*) peço encarecidamente que venha com urgência. Uma mulher está com hemorragia pelas cavid (*riscado*) pelo nariz e pela boca, após um golpe na cabeça. Inconsciente. Não consigo resolver. Peço encarecidamente. Cavalos ótimos. Pulso ruim. Temos cânfora.

Doutor (*assinatura ilegível*)"

"Não tenho sorte nesta vida", pensei melancolicamente, olhando para as achas que ardiam no forno.

— Foi um homem que trouxe o bilhete?

— Foi.

— Deixe entrar aqui.

Ele entrou e lembrou-me um romano antigo por causa do capacete brilhante, colocado por cima do gorro com orelhas. Um casaco de pele de lobo o agasalhava, e um filete de frio me golpeou.

— Por que o senhor está de capacete? — perguntei, cobrindo parcialmente com uma toalha de banho o corpo que não terminara de ser lavado.

— Sou um bombeiro de Chalometievo. Temos um corpo de bombeiros lá... — respondeu-me o romano.

— E quem é esse doutor que escreveu?

— Veio visitar o nosso engenheiro-agrônomo. Um médico jovem. Houve um acidente lá entre nós, e que acidente...

— Quem é a mulher?

— A noiva do auxiliar administrativo.

De trás da porta, Aksínia deixou escapar um "Oh!".

— O que aconteceu? (Dava para ouvir o corpo de Aksínia colando-se à porta.)

— O noivado foi ontem, e depois do noivado o auxiliar administrativo quis passear com ela de trenó. Atrelou o trotador, ajudou-a a sentar e partiu para os portões. Mas foi só o trotador sair do lugar, a noiva deu com a testa no umbral. E ela ainda saiu voando. Tamanha infelicidade que não dá nem pra expressar... Agora estão até seguindo o auxiliar administrativo, pra que não se enforque. Enlouqueceu.

— Estou tomando banho — eu disse, queixosamente —, por que não a trouxeram para cá? — e, enquanto dizia isso, derramei água na minha cabeça, e o sabão caiu na tina.

— Impensável, caro cidadão doutor — disse o bombeiro, comovido, e juntou as mãos como numa prece —, nenhuma possibilidade. A moça morreria.

— E como é que nós vamos para lá? Está caindo uma tremenda tempestade de neve!

— Já amainou. Ora, meu senhor, aquietou por completo. Os cavalos são ligeiros, atrelados em fila indiana. Chegaremos voando em uma hora...

Soltei um breve gemido e me arrastei para fora da tina. Derramei com fúria dois baldes d'água em cima de mim. Depois, ficando de cócoras em frente à abertura do forno, enfiei a cabeça ali, para secá-la ao menos um pouquinho.

"Certamente vou pegar uma pneumonia. Lobar, depois de uma viagem dessas. E, o principal: o que vou fazer com a moça? Esse médico, já dá pra ver pelo bilhete que tem menos experiência que eu... Não sei nada, faz só uns seis meses que estou acumulando conhecimento, e ele ainda menos que isso. Está na cara que acabou de sair da universidade. E me toma por experiente."

Matutando desse modo, nem reparei em como foi que me vesti. O processo não foi simples: calças e blusa, botas de feltro, por cima da blusa uma jaqueta de pele, depois o so-

Tempestade de neve 63

bretudo, e por cima um casaco de pele de ovelha, o chapéu, a bolsa, e nela cafeína, cânfora, morfina, adrenalina, pinças cirúrgicas, material esterilizado, seringa, sonda, uma pistola Browning, cigarros, fósforos, o relógio e o estetoscópio.

Lá fora não estava nada terrível, apesar de ter escurecido; o dia já minguava quando deixamos as cercanias. O vento parecia varrer a neve mais suavemente. De viés, só numa direção, a da face direita. O bombeiro, como uma montanha, ocultava de mim as ancas do primeiro cavalo. Os cavalos se lançaram à tarefa de modo verdadeiramente ousado, retesaram-se e foram arremessando o trenó pelos buracos da estrada. Reclinei-me, aqueci-me de imediato, pensei na pneumonia lobar, pensei que talvez o osso do crânio da garota houvesse trincado por dentro e uma lasca se cravado no cérebro...

— Cavalos de bombeiro? — perguntei, através da gola de carneiro.

— Uhum... uhum... — balbuciou o condutor, sem se virar.

— E o que o doutor já fez com ela?

— Bem, ele... hum... ele, vê só, é especialista em doenças venéreas... ahã... ahã...

— Vuh... vuh... — a tempestade ribombou no pequeno bosque, depois fustigou de lado, caiu sobre nós... Comecei a ser balançado, balançado, balançado... até que fui parar na Sauna Sandunovski em Moscou.[13] E de casaco de peles mesmo, no vestiário, todo coberto de suor. Então um archote começou a brilhar, deixaram o frio entrar com tudo, e eu abri os olhos, vi que havia um capacete vermelho brilhando e pensei que se tratava de um incêndio... Então acordei e entendi que havíamos chegado. Eu estava à entrada de um edifício

---

[13] Sauna Sandunovski ou Banhos dos Sandunov é um célebre estabelecimento de banhos a vapor (*bânia*) em Moscou, inaugurado em 1896 e existente até os dias de hoje. (N. da T.)

64   Mikhail Bulgákov

com colunas, visivelmente dos tempos do tsar Nicolau I. Uma profunda treva nos cercava, mas fui recebido pelos bombeiros, e as chamas dançavam sobre as suas cabeças. Imediatamente extraí o relógio por uma fenda do casaco de peles e vi que eram cinco horas. Tínhamos viajado, no fim das contas, não por uma hora, mas duas e meia.

— Prepare-me cavalos para a volta, imediatamente — eu disse.

— Às ordens — respondeu o cocheiro.

Meio sonolento e todo molhado por baixo da jaqueta de couro, como se estivesse recebendo compressas, entrei no saguão. A luz de uma lâmpada golpeou de viés, projetando uma faixa no chão pintado. E nesse momento entrou correndo um rapaz jovem de cabelos claros, com olhos acuados e de calças recém-passadas, conforme se via pelo vinco. Sua gravata branca de pontinhos pretos se entortara para um lado, o peitilho saltara como uma corcova, mas o paletó, via-se que era novinho em folha, acabara de sair da alfaiataria, tanto que as pregas pareciam de metal. O homem agitou as mãos, agarrou-se ao meu casaco, sacudiu-me, grudou-se a mim e começou a gritar de mansinho:

— Meu amigo... doutor... rápido, rápido... ela está morrendo. Sou um assassino — ele relanceou o olhar para algum ponto a seu lado, escancarou os olhos severa e sombriamente, e disse a alguém: — Sou um assassino, é fato.

Depois se pôs a soluçar, agarrou os próprios cabelos ralos, deu um puxão, e eu vi que ele estava mesmo arrancando as madeixas, enrolando-as nos dedos.

— Pare com isso — lhe disse, e apertei seu braço.

Alguém o arrastou. Algumas mulheres entraram correndo.

Alguém tirou o meu casaco de peles, fui conduzido pelos tapetes festivos e levado até uma cama branca. Um médico bem jovem levantou-se de sua cadeira e veio ao meu en-

Tempestade de neve

contro. Os olhos dele estavam desnorteados e atormentados. Por um instante, surgiu neles uma surpresa momentânea por eu ser tão jovem quanto ele. De modo geral, parecíamos dois retratos de uma mesma pessoa, e retratos feitos no mesmo ano, ainda por cima. Mas depois ele se alegrou pela minha presença, a ponto de ofegar.

— Como estou contente... colega... Aqui... está vendo? O pulso está sumindo. Eu, propriamente, sou venereologista. Estou extremamente feliz que o senhor tenha vindo...

Em um farrapo de gaze sobre a mesa jaziam uma seringa e algumas ampolas com um óleo amarelo. Com o choro do auxiliar administrativo chegando a nós do outro lado da porta, semicerraram-na, e a figura de uma mulher de branco surgiu atrás dos meus ombros. O quarto estava na penumbra; tinham coberto um lado da lâmpada com um trapo verde. O rosto cor de papel jazia sobre um travesseiro na sombra esverdeada. Os cabelos claros pendiam em madeixas e se espalhavam. O nariz se tornara saliente e as narinas estavam obstruídas por algodão rosado de sangue.

— O pulso... — o médico sussurrou para mim.

Tomei a mão sem vida, encostei os dedos num gesto que já se tornara hábito, e me sobressaltei. Sob meus dedos, senti pequenos tremeliques, frequentes, que depois começaram a diminuir, a arrastar-se como um fio. Senti o costumeiro frio no estômago, como acontecia sempre que eu fixava o olhar na morte. Eu a odeio. Consegui quebrar a ponta da ampola e sugar com a seringa o óleo gorduroso. Mas o injetei já maquinalmente, introduzindo-o em vão sob a pele do braço da garota.

O queixo da garota se agitou convulsivamente, ela parecia sufocar; depois pendeu flacidamente e o corpo retesou-se sob o edredom, como se houvesse congelado, e então afrouxou. E sob os meus dedos cessou o último fio de pulsação.

— Morreu — eu disse no ouvido do médico.

Uma figura branca de cabelos grisalhos caiu sobre o edredom liso, apertou-se contra ele e se pôs a tremer.

— Ssh... — eu disse ao ouvido dessa mulher de branco, e o outro médico se encostou à porta com ar sofredor.

— Como ele me atormentou — disse, bem baixinho.

Eu e ele fizemos o seguinte: deixamos a mãe chorando no quarto, não dissemos nada a ninguém e levamos o auxiliar administrativo para o quarto dos fundos.

Lá, eu lhe disse:

— Se não permitir que injetemos um medicamento no senhor, não poderemos fazer nada. O senhor está nos atormentando, atrapalha o trabalho!

Então ele concordou; chorando baixinho, tirou o paletó, e nós dobramos a manga da sua camisa de noivo e lhe injetamos morfina. O médico foi para o quarto da morta, pretensamente para tratá-la, e eu fiquei ali junto com o auxiliar administrativo. A morfina fez efeito mais rápido do que eu esperava. Dentro de um quarto de hora, o auxiliar administrativo começou a toscanejar, chorando e se queixando cada vez mais baixo, depois deitou o rosto lavado de lágrimas nos braços e adormeceu. Não escutou os rebuliços, o choro, os murmúrios e os berros abafados.

— Escute, colega, é perigoso ir agora. O senhor pode se perder — me disse o médico, num sussurro, na antessala. — Fique, pernoite aqui...

— Não, não posso. Partirei sem falta. Prometeram que me levariam de volta imediatamente.

— Sim, eles levarão, mas veja...

— Estou com três tifosos num estado que não dá para abandonar. Preciso vê-los durante a noite.

— Bem, veja...

Ele diluiu uma bebida alcoólica em água e deu-me de beber, e, ali mesmo na antessala, eu comi um pedaço de presunto. Meu estômago se aqueceu, e a melancolia no meu coração se contraiu um pouco. Fui ao quarto uma última vez, dei uma olhada na morta, visitei o auxiliar administrativo, deixei uma ampola de morfina com o médico e, agasalhado, saí para o terraço de entrada. Lá o vento assobiava, açoitando com a neve os cavalos, que pareciam abatidos. O fogo de um archote se agitava.

— O senhor sabe o caminho? — perguntei, cobrindo a boca com a roupa.

— O caminho eu sei — o cocheiro (ele já estava sem o capacete) respondeu com tristeza —, mas o senhor devia ficar para pernoitar...

Até pelas orelhas do seu gorro se via que ele estava morrendo de vontade de ficar.

— Precisa ficar — adicionou um segundo homem, que segurava um archote cujo fogo se agitava furiosamente —, não está nada bom no campo, senhor.

— São doze verstas... — pus-me a resmungar, soturnamente. — Dá para chegar lá. Tenho pacientes em estado grave —, e me enfiei no trenó.

Confesso: eu não acrescentei que o mero pensamento de permanecer numa casa atingida por uma desgraça, e onde eu era impotente e inútil, parecia-me insuportável.

Sem remédio, o cocheiro escarrapachou-se na boleia, aprumou-se, cambaleou, e nós voamos em direção aos portões. O archote desapareceu, como se tivesse caído ou se apagado. Entretanto, depois de um minuto, outra coisa atraiu meu interesse. Virando-me com dificuldade, vi que não só não havia nenhum archote, mas Chalometievo desaparecera com todas as suas construções, como em um sonho. Isso me deu uma pontada desagradável.

— Veja só, que maravilha... — meio pensei, meio balbuciei. Expus o nariz por um minuto e o escondi novamente, de tão ruim que estava o tempo. O mundo todo se enrolava em um novelo, que era sacudido de um lado para o outro.

Um pensamento cruzou minha mente: não seria o caso de voltar? Mas eu o expulsei, me afundei mais no feno do chão do trenó, como em um barco, encolhi-me e fechei os olhos. Apareceu-me de imediato o trapo verde sobre a lâmpada e o rosto branco. Minha cabeça foi repentinamente iluminada: "É uma fratura basal craniana... sim, sim, sim... Ha-ha... é exatamente isso!". Inflamou-se a certeza de que esse era o diagnóstico correto. Veio à cabeça do nada. Bem, e para quê? Agora não tem para quê; na verdade, nem antes tinha. O que fazer com ele?! Que destino horrível! Como é absurdo e terrível viver neste mundo! O que acontecerá agora na casa do engenheiro-agrônomo? Até pensar nisso é nauseante e melancólico! Depois fiquei com pena de mim mesmo: como minha vida é difícil. As pessoas agora estão dormindo, aqueceram bem os fornos, e eu novamente nem consegui me lavar. A tempestade de neve me carrega como se eu fosse uma folhinha. Pois bem, chegarei em casa e com certeza me arrastarão de novo para algum lugar. Vou pegar uma pneumonia lobar e eu mesmo vou acabar morrendo aqui... Assim, apiedando-me de mim, afundei-me na escuridão, mas não sei quanto tempo passei nela. Não fui parar em nenhuma sauna desta vez, comecei foi a sentir frio. Cada vez mais frio.

Quando abri os olhos, vi costas negras, e em seguida percebi que não avançávamos, tínhamos parado.

— Chegamos? — perguntei, arregalando os olhos turvos.

O cocheiro negro se mexeu com melancolia. De repente saiu do trenó, pareceu-me que girava em todas as direções... e ele se pôs a falar sem qualquer deferência:

— Chegamos!... Devia ter ouvido as pessoas... Mas que raio é isso no fim das contas?! A gente se mata e mata os cavalos!...

— Será possível que o senhor perdeu a estrada? — minha espinha gelou.

Tempestade de neve

69

— Que estrada? — retrucou o cocheiro, com voz aflita.

— Para nós agora a estrada é esse mundo branco todo aí. Nos desviamos e não foi pouco... Já estamos andando faz quatro horas, mas para onde... Que se pode fazer...

Quatro horas. Comecei a me remexer, tateei em busca do relógio, tirei os fósforos do bolso. Para quê? Era inútil, os fósforos não geravam clarão nenhum. Você risca, ele cintila — e instantaneamente o fogo devora o fósforo.

— Estou dizendo, quatro horas — manifestou-se o cocheiro, em tom fúnebre. — O que vamos fazer agora?

— Onde é que nós estamos?

A pergunta foi tão estúpida que o cocheiro nem considerou necessário respondê-la. Ele se virava para várias direções, mas eu às vezes tinha a impressão de que ele estava de pé, imóvel, e que me girava no trenó. Consegui sair com dificuldade e logo descobri que a neve chegava até os meus joelhos, ao lado do patim do trenó. O cavalo de trás atolara até a barriga num monte de neve. Sua crina pendia como os cabelos soltos de uma mulher sem lenço.

— Foram parar ali sozinhos?

— Sozinhos. Os animais se esgotaram...

E de repente lembrei de certos contos e por algum motivo me enraiveci contra Lev Tolstói.

"Estava tudo bem com ele em Iásnaia Poliana",[14] pensei, "não creio que o tenham levado para ver uma moribunda..."

Tive pena de mim e do bombeiro. Depois passei novamente por uma selvagem explosão de medo. Mas sufoquei-a no peito.

— Isso é covardice... — murmurei, entre os dentes. E uma energia impetuosa surgiu em mim.

---

[14] Propriedade rural e residência de Lev Tolstói (1828-1910). O narrador faz referência ao conto "A nevasca" (1856), em que, como neste, o protagonista e seu cocheiro acabam perdidos na neve. (N. da T.)

— Veja só, titio — pus-me a falar, sentindo meus dentes congelarem —, não podemos nos entregar ao desalento aqui, ou vamos realmente parar no inferno. Eles pararam um pouco, descansaram, é preciso continuar se movendo. O senhor vá, pegue o cavalo da frente pelas rédeas, e eu vou guiar. Temos que sair daqui, ou vamos acabar soterrados.

As orelhas do seu gorro pareciam desesperadas, mas mesmo assim o cocheiro começou a abrir caminho para a frente. Claudicando e tropeçando, chegou ao primeiro cavalo. Nossa partida pareceu demorar uma eternidade. A figura do cocheiro borrou-se aos meus olhos, para dentro dos quais era varrida a neve seca da tempestade.

— Eiaaaa — gemeu o cocheiro.

— Eia! Eia! — gritei, começando a bater com as rédeas.

Os cavalos partiram devagarinho, foram patinhando. O trenó balançava, como se fosse levado por uma onda. O cocheiro ora crescia, ora diminuía, impulsionando-se com dificuldade para a frente.

Nos movemos assim por mais ou menos um quarto de hora, até que finalmente senti que o trenó parecia ranger com mais uniformidade. A alegria me inundou aos borbotões quando vi que começavam a cintilar ocasionalmente as ferraduras traseiras dos cavalos.

— Aos pouquinhos achamos a estrada! — gritei.

— He-he... — respondeu o cocheiro. Ele veio mancando até mim e sua figura imediatamente cresceu. — Parece que é a estrada — o cocheiro se manifestou alegremente, até com um trinado na voz. — Tomara que não nos desviemos de novo... Talvez...

Trocamos de lugar. Os cavalos já caminhavam com mais ânimo. A tempestade de neve tinha mesmo diminuído, começara a enfraquecer, segundo me parecia. Mas acima de nós e nas laterais não havia nada além de cerração. Eu já nem esperava chegar propriamente ao hospital. Queria chegar a algum lugar. Afinal, uma estrada sempre leva a um lugar habitado.

Os cavalos arrancaram de repente e começaram a trabalhar mais animadamente com as pernas. Alegrei-me; eu não sabia ainda as razões daquele comportamento.

— Sentiram a proximidade de uma casa, talvez? — perguntei.

O cocheiro não me respondeu. Soergui-me no trenó e comecei a perscrutar os arredores com o olhar. Um som estranho, triste e raivoso surgiu em algum lugar na escuridão, mas logo se extinguiu. Por algum motivo, comecei a me sentir desconfortável, e me lembrei do auxiliar administrativo e de como ele gania fino, deitando a cabeça nos braços. De repente, distingui à minha direita um ponto preto, que cresceu e se tornou um gato preto, depois cresceu mais e foi se aproximando. O bombeiro se virou para mim de súbito, momento em que vi que o queixo dele tremia, e perguntou:

— O senhor viu, cidadão médico?...

Um cavalo arremeteu para a direita, o outro, para a esquerda, o bombeiro foi se encolher por um segundo nos meus joelhos, exclamou um "Oh!", se endireitou e começou a tentar se equilibrar e a fazer estalar as rédeas. Os cavalos roncaram e arrancaram. Levantavam a neve em bolas, arremessavam-na, seguiam de maneira irregular, tremiam. Uma tremedeira percorreu meu corpo inteiro também, algumas vezes. Endireitando-me, enfiei a mão entre a roupa e o peito, tirei a Browning e me amaldiçoei por ter esquecido o segundo pente de munição em casa. Não, se já não fiquei para pernoitar, por que não trouxe pelo menos um archote comigo?! Em pensamento, vi uma nota fúnebre no jornal sobre mim e sobre o malfadado bombeiro. A figura do gato cresceu, virou um cachorro e veio correndo, não muito longe do trenó. Virei-me e vi uma segunda criatura de quatro patas bem atrás do trenó. Posso jurar que ela tinha orelhas pontudas e seguia o trenó com tanta facilidade como se corresse por um assoalho. Havia algo de terrível e insolente no seu esforço. "É uma matilha ou são apenas dois?", passou-me pela cabeça, e diante da palavra "matilha" um calor cobriu-me por inteiro sob o casaco de peles, e os dedos dos pés pararam de congelar.

— Segure-se mais forte e contenha os cavalos, vou atirar agora — declarei, com uma voz que não era a minha e que eu desconhecia.

O cocheiro apenas fez um "Ah" em resposta e encolheu a cabeça entre os ombros. Algo passou rápido diante dos meus olhos e produziu uma pancada estrondosa. Depois uma segunda vez e uma terceira. Não lembro quantos minutos me agitei no fundo do trenó. Ouvi o ronco selvagem e estridente dos cavalos, recolhi a Browning, minha cabeça bateu contra alguma coisa, tentei emergir do meio do feno e, num terror mortal, pensei que logo me cairia no peito um enorme corpo nodoso. Já via em pensamento minhas próprias tripas rasgadas...

Nesse momento o cocheiro se pôs a uivar:

— Auuu... Oh... olha lá ele... lá... Leva embora, leva embora, Senhor...

Eu finalmente me entendi com a pesada pele de ovelha, libertei as mãos e me levantei. Não havia feras negras nem atrás de nós nem nos flancos. A tempestade soprava bem raramente e com moderação, e na fina cortina de neve cintilava um olho encantador, que eu reconheceria no meio de outros mil, e reconheceria até hoje: cintilava o lampião do meu hospital. A escuridão se amontoava atrás dele. "Bem melhor que um palácio...", pensei e, de súbito, em êxtase, disparei mais duas balas da Browning para trás, para o lado onde tinham desaparecido os lobos.

* * *

Tempestade de neve

O bombeiro estava de pé no meio da escada que subia do andar inferior do meu maravilhoso apartamento de médico; eu estava no topo dessa escada, e Aksínia, num sobretudo de peles, lá embaixo.

— Podem até me dar gorjeta — manifestou-se o cocheiro —, que da próxima vez eu... — Ele não terminou de falar, tomou de um gole a bebida alcóolica oferecida e soltou um grasnido assustador; então virou-se para Aksínia e acrescentou, abrindo os braços, o máximo que a sua compleição permitia: — Desse tamanho...

— Ela morreu? O senhor não conseguiu salvar? — Aksínia me perguntou.

— Morreu — respondi com indiferença.

Após um quarto de hora tudo ficou em silêncio. No andar de baixo apagou-se a luz. Fiquei lá em cima sozinho. Por algum motivo, ri convulsivamente, desabotoei a blusa e depois abotoei de novo, fui até a estante, tirei um tomo sobre cirurgia, quis olhar alguma coisa sobre fraturas basais do crânio, larguei o livro.

Quando me despi e deitei sob o edredom, em meio minuto uma tremedeira me quebrou, depois me largou, e um calor percorreu todo o meu corpo.

— Podem até me dar gorjeta — resmunguei, cochilando —, mas eu nunca mais ire...

— Vais... ah, tu vais... — a tempestade de neve assobiava, zombeteira.

Ela percorria o telhado com um trovão. Depois passava cantando pelo encanamento e dali decolava, farfalhava além da janela, desaparecia.

— Você vai... ah, se vai... — batia o relógio, mas cada vez mais surdamente.

E mais nada. Silêncio. Sono.

A PRAGA DAS TREVAS

Onde raios foi parar o mundo todo no dia do meu aniversário? Onde está a iluminação elétrica de Moscou? As pessoas? O céu? Atrás das janelinhas não há nada! Trevas...

Estamos cortados da companhia das pessoas. Os lampiões a querosene mais próximos ficam a nove verstas de nós, na estação ferroviária. Lá, provavelmente, cintila uma lanterna, dando seus últimos suspiros graças à nevasca. O trem expresso para Moscou vai passar à meia-noite com um gemido e nem sequer vai parar — ele não precisa dessa estação esquecida, enterrada na tempestade de neve. Exceto, talvez, se a neve cobrir e bloquear os trilhos.

Os postes de iluminação mais próximos estão a quarenta verstas, na capital da província. Lá a vida é doce. Há um cinema, lojas. Enquanto a neve uiva e cai em massa nos campos, na tela, talvez, um caniço flutua, palmeiras balançam, cintila uma ilha tropical...

E nós aqui sozinhos.

— É a praga das trevas — observou o enfermeiro Demián Lukitch, ao soerguer a cortina.

Ele se expressa solenemente, mas com muito acerto. É a própria praga do Egito.

— Mais um calicezinho, por favor — convidei. (Ah, não nos julguem! Um médico, um enfermeiro, duas parteiras, bem, também somos humanos! Por longos meses, não vemos ninguém além de centenas de doentes. Trabalhamos, estamos enterrados na neve. Será mesmo que não podemos beber uns dois cálices de um destilado caseiro e petiscar umas anchovas locais no aniversário do médico?)

— À sua saúde, doutor! — disse Demián Lukitch, comovido.

— Desejamos que se adapte bem aqui! — disse Anna Nikoláievna e, brindando, ajeitou seu vestido de festa estampado.

A segunda parteira, Pelagueia Ivánovna, brindou, bebeu tudo de um trago e logo se agachou e remexeu no forno com um atiçador. Um brilho quente se lançou em nossos rostos, e nossos peitos se aqueceram com a vodca.

— Eu decididamente não consigo conceber — comecei a falar com agitação, olhando para a pilha de faíscas que se elevava rapidamente debaixo do atiçador — o que aquela mulher fez com a beladona. É mesmo um pesadelo!

Sorrisos brincaram nos rostos do enfermeiro e das parteiras.

Eis no que consistia o negócio. Hoje, nas consultas matinais, se enfiara no meu gabinete uma mulherzinha corada de uns trinta anos. Ela fez uma reverência para a poltrona ginecológica atrás de mim, depois tirou de baixo da blusa um frasco de gargalo largo e entoou com voz aduladora:

— Muito obrigada, senhor doutor, pelas gotinhas. Já ajudaram tanto, ajudaram tanto!... Dê mais um vidrinho, por favor.

Tirei o frasco das mãos dela, dei uma olhada no rótulo, e tudo ficou nublado diante dos meus olhos. Na etiqueta estava escrito com a letra larga de Demián Lukitch: "Tint. de Beladona..." etc. "16 de dezembro de 1917."

Em outras palavras, ontem eu prescrevera para a mulherzinha uma porção considerável de beladona, e hoje, no dia do meu aniversário, 17 de dezembro, a mulherzinha chegara com o frasco seco e com um pedido para repetir a dose.

— Você... você... tomou tudo ontem? — perguntei, em tom feroz.

— Tudo, paizinho querido, tudo — cantarolou a mulherzinha, a voz doce como um bolinho —, que Deus lhe dê saúde, por essas gotinhas... Meio vidrinho assim que cheguei, e meio vidrinho ao deitar para dormir. Foi como se tivessem tirado a dor com a mão...

Apoiei-me na poltrona ginecológica.

— Eu te disse quantas gotas? — me pus a falar, com uma voz estrangulada. — Eu te... Cinco gotas!... Que é que você está fazendo, mulher? Você... Eu...

— Eu juro, tomei! — disse a mulher, pensando que eu não estava acreditando que ela tivesse se tratado com a minha beladona.

Envolvi suas bochechas coradas com as mãos e me pus a examinar suas pupilas. Mas as pupilas eram simples pupilas. Bastante bonitas, completamente normais. O pulso da mulher também estava fascinante. Não se notava nela absolutamente nenhum sinal de envenenamento por beladona.

— Isso é impossível!... — eu disse, e berrei: — Demián Lukitch!

Demián Lukitch em seu jaleco branco emergiu do corredor da farmácia.

— Venha admirar, Demián Lukitch, o que esta beldade fez! Não estou entendendo nada...

A mulher, assustada, revolvia a cabeça, entendendo que tinha incorrido em alguma culpa.

Demián Lukitch apoderou-se do frasco, deu uma cheiradinha, girou-o nas mãos e manifestou-se rigorosamente:

— Você, querida, está mentindo. Você não tomou o remédio!

— Eu ju... — a mulher começou.

— Dona, não tente nos engazopar — Demián Lukitch disse severamente, retorcendo a boca —, já entendemos tu-

A praga das trevas 77

do nos mínimos detalhes. Confesse, quem foi que você tratou com essas gotas?

A mulher ergueu suas pupilas em estado normal para o teto asseadamente caiado e persignou-se.

— Que eu...

— Deixe disso, deixe... — repetiu Demián Lukitch, e se dirigiu a mim: — Eles, doutor, fazem bem assim: uma artista dessas vem ao hospital, prescrevem-lhe um remédio, e ela chega na vila e regala todas as outras mulheres...

— Que é isso, senhor *infermêro*...

— Deixe disso! — cortou o enfermeiro. — Já é o oitavo ano que estou aqui com vocês. Eu sei. Está claro que derramou o frasquinho por tudo que é quintal — ele continuou, dirigindo-se a mim.

— Dê mais algumas dessas gotinhas — a mulher pediu, com ar adulador.

— Ora, não, dona — respondi, e sequei o suor da testa —, você não vai ter mais que se tratar com essas gotas. Melhorou a barriga?

— Melhorou pra valer, nossa, como se uma mão tivesse tirado!

— Bem, olhe só, magnífico. Eu vou te prescrever outras gotinhas, também muito boas.

E prescrevi tintura de valeriana para a mulherzinha, e ela partiu, decepcionada.

Era sobre esse incidente que discorríamos no meu apartamento de médico no dia do meu aniversário, enquanto, nas janelas, a "praga das trevas", vinda com a nevasca, pendia como uma pesada cortina.

— É o que é — disse Demián Lukitch, mastigando delicadamente o peixinho na manteiga —, é o que é. Nós aqui já estamos acostumados. Mas o senhor, caro doutor, depois da universidade, depois da capital, vai ter que se acostumar com muita e muita coisa. É um fim de mundo!

— Ah, e que fim de mundo! — Anna Nikoláievna apoiou, como um eco.

A nevasca começou a zunir em algum lugar da chaminé, farfalhou além da parede. Um reflexo carmesim jazia na escura folha de ferro ao lado do forno. Bendito seja o fogo que aquece a equipe médica no fim de mundo!

— Gostaria de escutar alguma coisa sobre o seu predecessor Leopold Leopôldovitch? — foi dizendo o enfermeiro e, após oferecer um cigarro delicadamente a Anna Nikoláievna, pôs-se ele mesmo a fumar.

— Era um médico maravilhoso! — Pelagueia Ivánovna manifestou-se entusiasticamente, perscrutando o fogo benfeitor com olhos brilhantes. Um pente de festa com pedraria falsa se acendia e de repente apagava nos seus cabelos negros.

— Sim, uma personalidade eminente — confirmou o enfermeiro. — Os camponeses simplesmente o adoravam. Ele sabia como abordá-los. Ser operado pelo Liponti? Com prazer! Eles o chamavam de Liponti Lipontievitch em vez de Leopold Leopôldovitch. Confiavam nele. Bem, e ele sabia conversar com eles. Vejam só, senhoras e senhores: um dia vem como que um amigo dele, Fiódor Kossoi, de Dultsevo, para uma consulta. "É assim e assim, Liponti Lipontievitch", diz ele, "meu peito está tapado, olhe, não dá pra respirar até o fim. E, além disso, sinto como que a garganta arranhando..."

— Laringite — pronunciei maquinalmente, já tendo me acostumado, graças a um mês de correria furiosa, aos diagnósticos instantâneos do campo.

— Perfeitamente correto. "Bem", diz Liponti, "eu vou te dar um remédio. Você estará saudável em dois dias. Aqui, uns cataplasmas franceses para você. Você gruda um nas costas, no meio das espáduas, e o outro no peito. Dá uma seguradinha por dez minutos, tira. Agora marche! Vá fazer isso!" O homem pegou os cataplasmas e foi embora. Dois dias depois, ele aparece para consulta.

"O que há?", Liponti pergunta.

E Kossoi lhe diz:

"Que coisa, Liponti Lipontievitch", ele diz, "os seus cataplasmas não ajudam em nada."

"Mentira!", responde Liponti. "Não tem como os cataplasmas franceses não ajudarem! Você provavelmente nem os colocou...?"

"Como assim, não coloquei?", diz ele, "Tá lá até agora...", e nisso ele se vira de costas, e o cataplasma está colado por cima do sobretudo!...

Eu dei uma gargalhada, e Pelagueia Ivánovna soltou umas risadinhas e deu pancadinhas encarniçadas com o atiçador em uma acha de lenha.

— Ah sim, claro! Isso é uma piada — eu disse —, não pode ser!

— Pi-a-da?! Piada? — as parteiras exclamaram ao mesmo tempo.

— Não, senhor! — o enfermeiro exclamou, obstinadamente. — Aqui entre nós, sabe, a vida toda consiste de piadas desse tipo... Aqui temos cada coisa...

— E o açúcar?! — exclamou Anna Nikoláievna. — Conte sobre o açúcar, Pelagueia Ivánovna!

Pelagueia Ivánovna fechou a tampa do forno e começou a falar, baixando os olhos:

— Vou a essa mesma aldeia de Dultsevo ver uma parturiente...

— Essa Dultsevo é célebre — o enfermeiro não se conteve, e depois acrescentou: — Desculpe! Continue, colega!

— Bom, vocês entendem como é a coisa, eu examino — continuou a colega Pelagueia Ivánovna —, e sob o fórceps no canal do parto sinto algo incompreensível... ora esfarelado, ora em pedacinhos... Vou ver: era açúcar refinado!

— Eis mais uma piada! — observou Demián Lukitch solenemente.

— Mas o que... não entendi nada...

— Uma velha! — respondeu Pelagueia Ivánovna. — Uma curandeira instruiu. O parto dela, disse, será difícil. O bebezinho não quer sair para esse mundão de Deus. De modo que... era preciso atraí-lo. Olha como eles são: resolveram atraí-lo usando doce!

— Que horror! — eu disse.

— Dão cabelo para as parturientes mastigarem — disse Anna Nikoláievna.

— Pra quê?!

— Vai saber. Umas três vezes nos trouxeram parturientes assim. A pobre mulher deitada e cuspindo. A boca cheia de fios grossos. Há essa crendice de que o parto fica mais fácil...

Os olhos das parteiras cintilavam com as lembranças. Ficamos por muito tempo sentados junto ao fogo, bebendo chá, e eu escutava como que enfeitiçado. Sobre como, por exemplo, quando era preciso trazer uma parturiente da vila para o nosso hospital, Pelagueia Ivánovna sempre mandava o seu próprio trenó ir atrás, para que não mudassem de ideia no meio do caminho, não voltassem com a mulher para as mãos de alguma parteira. Sobre como uma vez penduraram uma parturiente no teto de ponta-cabeça, para que o bebê, que estava na posição errada, se virasse. Sobre como uma parteira de Kórobov, tendo ouvido dizer que os médicos fazem a perfuração do saco amniótico, retalhou toda a cabeça de um bebê com uma faca de cozinha, de modo que nem uma pessoa tão célebre e ágil como Liponti pôde salvá-lo, e foi com sorte que salvou pelo menos a mãe. Sobre...

Já tinham fechado o forno fazia tempo. Meus convidados foram para a sua ala da propriedade. Vi a janelinha de Anna Nikoláievna turvamente iluminada por algum tempo, depois se apagou. Tudo desapareceu. Uma densíssima noite

A praga das trevas

de dezembro misturava-se à tempestade de neve, e a cortina negra escondia de mim a terra e o céu.

Eu perambulava pelo meu gabinete, com o chão rangendo sob os pés, e estava quentinho, graças à estufa de tijolos, e se podia escutar em algum lugar um rato roendo atarefado. "Ora, não!", eu refletia. "Lutarei contra a praga das trevas pelo tempo exato que o destino me segurar aqui neste fim de mundo. Açúcar refinado... Veja só!.."

Nos devaneios nascidos à luz da lâmpada sob o quebra--luz verde, surgiu uma colossal cidade universitária, e nela uma clínica, e, na clínica, uma sala colossal: piso ladrilhado, pias brilhantes, lençóis brancos esterilizados, um assistente com um cavanhaque pontiagudo grisalho, de aparência muito sábia...

Uma batida na porta em tais momentos sempre alarma, assusta. Estremeci.

— Quem está aí, Aksínia? — perguntei, debruçando-me sobre a balaustrada da escada interior (o apartamento do médico era de dois andares: em cima ficavam o gabinete e o quarto, e, embaixo, a sala de jantar, mais um cômodo de destinação desconhecida e a cozinha, na qual se instalavam essa Aksínia, cozinheira, e o marido dela, o vigia permanente do hospital).

Rangeu o pesado ferrolho, a luz de uma lamparinazinha saiu e desceu sacolejando, uma friagem soprou. Depois Aksínia comunicou:

— Foi um paciente que chegou...

Eu, para falar a verdade, me alegrei. Ainda não estava com sono, e, graças às lembranças e à querela dos ratos, tinha começado a me sentir um pouco melancólico, solitário. Além disso "um" paciente queria dizer que não era mulher, ou seja, não era o mais assustador: um parto.

— Ele consegue andar?

— Consegue — respondeu Aksínia, bocejando.

— Bem, que vá para o meu gabinete.

A escada rangeu por um bom tempo. Uma pessoa sólida, pesada subia. Eu, enquanto isso, já me sentara atrás da escrivaninha, tentando impedir que minha vivacidade dos vinte e quatro anos tivesse chance de saltar fora do invólucro profissional de esculápio. Minha mão direita repousava sobre o estetoscópio como sobre um revólver.

Uma figura em casaco de pele de carneiro e botas de feltro acomodou-se com dificuldade na soleira. Trazia o chapéu nas mãos.

— O que é que você quer, paizinho, tão tarde? — perguntei, sério, para desencargo de consciência.

— Desculpe, senhor doutor — a figura pronunciou, com uma voz suave e agradável —, a nevasca está uma completa desgraça! Bem, me atrasou, que é que se vai fazer, ah, perdão, por favor!...

"Uma pessoa educada", pensei, com satisfação. Gostei muito daquela figura, e mesmo sua densa barba ruiva produziu uma boa impressão. Via-se que aquela barba recebia alguma manutenção. Seu dono não só a aparava, mas até a besuntava com alguma substância que um médico que estivesse no campo, mesmo que por pouco tempo, adivinharia sem dificuldade se tratar de azeite.

— O que houve? Tire o casaco. De onde o senhor vem?

O casaco tombou como uma montanha na cadeira.

— Uma febre está me atormentando — o doente respondeu, e lançou um olhar aflito.

— Febre? Aham! O senhor é de Dultsevo?

— Isso mesmo. Sou moleiro.

— Bem, e como ela está te atormentando? Conte-me!

— Todo dia, quando dá as doze horas, a cabeça começa a doer, depois a febre como que vai embora... Faz ficar tremendo por umas duas horas e depois me deixa em paz...

"Diagnosticado!", retiniu-me na cabeça, em triunfo.

A praga das trevas 83

— E nas outras horas, nada?

— Pernas fracas...

— Aham... Desabotoe-se! Hm... certo.

Ao fim do exame, o doente me fascinava. Depois de velhinhas estúpidas e adolescentes assustados, que desviavam-se com horror da espátula de metal, depois do truque daquela manhã com a beladona, aquele moleiro era um descanso para meus olhos universitários.

A conversa do moleiro era sensata. Além disso, ele se revelou alfabetizado, e até cada gesto dele era embebido de respeito pela ciência que eu considero minha amada, a medicina.

— Eis o que há, meu amigo — eu disse, tamborilando no amplo peito tépido —, o senhor está com malária. Febre intermitente... A minha enfermaria está toda desocupada agora. Aconselho fortemente a se internar aqui comigo. Nós iremos observá-lo como se deve. Começarei a tratá-lo com alguns pós, e se não ajudar, lhe daremos umas injeções. Teremos sucesso. E então? Vai se internar?

— Agradeço-lhe humildemente! — o moleiro respondeu, muito polido. — Conheço o senhor de fama. Todos estão satisfeitos. Dizem que ajuda muito... está disposto até a dar injeções, se for preciso, para sarar.

"Não, isso é realmente um raio de luz nas trevas!", pensei, e me sentei à mesa para escrever. Enquanto fazia isso, tinha um sentimento muito agradável, como se não fosse um moleiro estranho, mas um irmão de sangue que tivesse vindo me visitar no hospital.

Numa folhinha branca, escrevi:

"*Chinini mur.* 0,5
D. T. dos. nº 10
S. ao moleiro Khudov,
uma dose diária à meia-noite."

E apus uma assinatura afoita.

E, em outra folhinha branca:

"Pelagueia Ivánovna!

Interne o moleiro na enfermaria n° 2. Ele tem malária. Quinina em pó, uma dose, conforme receitado, quatro horas antes do ataque, isto é, à meia-noite.

Aqui vai uma exceção para você! Um moleiro intelectual!"

Já deitado na cama, recebi das mãos de Aksínia, carrancuda e bocejante, a notinha de resposta:

"Caro doutor! Cumpri tudo. Pel. Lbova."

E adormeci.

... E acordei.

— O que há? O quê? O quê, Aksínia?! — balbuciei.

Aksínia estava de pé, cobrindo-se acanhadamente com a saia de bolinhas brancas em fundo preto. A vela de estearina iluminava tremulamente seu rosto sonolento e preocupado.

— A Mária acabou de chegar correndo, Pelagueia Ivánovna a enviou para chamar o senhor agorinha mesmo.

— O que é que há?

— Diz que o moleiro na segunda enfermaria está morrendo.

— O quê?! Morrendo? Como assim morrendo?!

Meus pés descalços imediatamente sentiram o chão gelado, não tendo acertado os sapatos. Passei um bom tempo quebrando fósforos e os enfiando no bico do lampião até ele se acender com uma luzinha azulada. No relógio eram exatamente seis horas.

"O que é isso?... O que é isso? Será mesmo que não era malária?! O que é que há com ele então? O pulso estava perfeito..."

Não mais que cinco minutos depois, eriçado, de meias vestidas do avesso, botas de feltro e jaqueta desabotoada, atravessei o pátio ainda totalmente escuro e entrei correndo na segunda enfermaria.

Num leito descoberto, ao lado de um lençol amarfanhado, estava sentado o moleiro, só com a camisola do hospital. Uma pequena lamparina a querosene o iluminava. Sua barba ruiva estava desgrenhada, e os olhos me pareceram escuros e enormes. Ele balançava como um bêbado. Olhava ao redor, aterrorizado, respirava com dificuldade...

A auxiliar de enfermagem Mária, de boca aberta, olhava para seu rosto escurecido e purpúreo. Pelagueia Ivánovna, num jaleco torto, de cabeça descoberta, se lançou ao meu encontro.

— Doutor! — ela exclamou, com uma voz enrouquecida. — Eu te juro, não tenho culpa. Quem poderia esperar? O senhor mesmo escreveu que ele era um intelectual...

— Qual é o problema?

Pelagueia Ivánovna sacudiu as mãos para o alto e disse:

— Imagine só, doutor! Ele tomou as dez doses de quinina em pó de uma vez! À meia-noite.

* * *

Era um amanhecer embaciado de inverno. Demián Lukitch estava retirando a sonda estomacal. O ambiente cheirava a óleo de cânfora. A bacia no chão estava cheia de um líquido meio marrom. O moleiro jazia esgotado, empalidecido, coberto até o queixo com o lençol branco. Sua barba ruiva estava em pé. Inclinando-me, senti o seu pulso e me certifiquei de que o moleiro escapara com sucesso.

— Bem, como se sente? — perguntei.

— Parece a praga das trevas na frente dos meus olhos... O... oh... — o moleiro disse numa fraca voz de baixo.

— Dos meus também! — respondi, exasperado.

— Hein? — pronunciou o moleiro (ele ainda estava ouvindo mal).

— Explique-me só uma coisa, titio: para que você fez isso?! — gritei no ouvido dele, mais alto ainda.

E a voz de baixo disse, sombria e hostil:

— Bem, pensei, pra que perder tempo com vocês tomando um a um? Tomei todos de uma vez, pra encerrar a história.

— Inacreditável! — exclamei.

— Uma piada, hein, doutor?! — manifestou-se o enfermeiro, como que num torpor mordaz...

* * *

"Ora, não... eu vou lutar. Eu vou... Eu..." E o sono doce após uma noite trabalhosa me capturou. Aquela treva digna da praga do Egito estendera-se como uma cortina... e, nela, eu como que segurava... um misto de espada e estetoscópio. Vou... lutarei... No fim de mundo. Mas não sozinho. Comigo vem meu exército: Demián Lukitch, Anna Nikoláievna e Pelagueia Ivánovna. Todos de jaleco branco, e sempre em frente, em frente...

O sonho é uma coisa boa!...

O OLHO DESAPARECIDO

Pois bem, passou-se um ano. Fora exatamente um ano antes que eu chegara a esta casa. E, assim como agora, uma cortina de chuva pendia do outro lado das janelas, e as últimas folhas das bétulas, amareladas, definhavam de maneira igualmente melancólica. Ao que parecia, nada tinha mudado à minha volta. Mas eu mesmo mudara grandemente. Se eu até ia celebrar uma noite de lembranças em completa solidão...

E, pelo chão que rangia, passei para o meu quarto e dei uma olhada no espelho. Sim, a diferença era grande. Um ano antes, no espelho tirado da mala, refletia-se um rosto barbeado. Uma risca de lado embelezava a cabeça de então vinte e três anos. Agora, a risca desaparecera. Os cabelos estavam jogados para trás sem nenhuma pretensão especial. Não se seduz ninguém com uma risca assim a trinta verstas da estrada de ferro. A mesma coisa com relação a fazer a barba. Sobre o lábio superior, impunha-se solidamente uma listrinha parecida com uma escova de dentes áspera e amarelecida, as bochechas se assemelhavam a um ralador, de modo que, se o antebraço começava a pinicar enquanto eu trabalhava, era agradável coçá-lo com a bochecha. Isso sempre acontece quando você não se barbeia três vezes por semana, mas somente uma. Eu li certa vez, em algum lugar... esqueci onde... sobre um inglês que foi parar em uma ilha deserta. Era um inglês interessante. Ficou preso lá na ilha até ter alucinações. E quando um navio se aproximou da ilha e desceu gente em um barquinho para o resgate, ele — o eremita — recebeu-os a tiros de revólver, tomando-os por uma miragem, uma ilusão do deserto de água. Mas estava barbeado. Barbeava-se todos os dias na ilha deserta. Lembro que esse orgulhoso filho da Grã-Bretanha despertou em mim o respeito mais colossal.[15] E, quando eu vim para cá, na minha mala jaziam um barbeador, com uma dúzia de lâminas para ele, e também uma navalha e um pincelzinho. E decidi firmemente que iria me barbear dia sim, dia não, porque este lugar não ficava atrás de nenhuma ilha deserta. Mas então houve uma vez, num abril iluminado; eu dispusera todos esses encantos ingleses em uma fileira oblíqua dourada e acabara de raspar a bochecha direita até ficar lustrosa, quando Egóritch irrompeu na sala, de botas rasgadas, pateando como um cavalo, e comunicou que um parto estava acontecendo nos arbustos ao lado do horto florestal, acima do ribeirinho. Lembro que sequei a bochecha esquerda com a toalha e lancei-me na corrida com Egóritch. E nós corremos em trio para o riozinho turvo que se avolumava no meio das copas desfolhadas: a parteira com o fórceps, um rolo de gaze e um frasco de iodo, eu com os olhos desvairados e esbugalhados e, atrás de nós, Egóritch. A cada cinco passos ele se agachava e, praguejando, arrancava a bota esquerda: a sola se desprendia. O vento voava ao seu encontro, o vento adocicado e selvagem da primavera russa; o pente saltou da cabeça da parteira Pelagueia Ivánovna, seu coque se desfez e os cabelos batiam-lhe no ombro.

— Mas com que diabos, você bebe todo o seu dinheiro? — balbuciei para Egóritch, enquanto voávamos. — Isso é

---

[15] Trata-se do conto "A vida de Gnor" (1912), de Aleksandr Grin (1880-1932). (N. da T.)

uma indecência. Você é um vigia de hospital, mas anda por aí feito um vagabundo.

— Que dinheiro?! — Egóritch rosnou raivosamente. — Aguentar a tortura mais torturante com vinte rublos por mês... Ah, sua maldita! — ele bateu com o pé na terra como um trotador furioso. — Dinheiro... a questão não é a bota, não se tem nem pra comer nem pra beber...

— Beber, claro, para você é o principal — sibilei, ofegando. — É por isso que anda vagabundeando, todo maltrapilho...

Vindo dos lados da pontezinha apodrecida, um leve grito queixoso se fez ouvir, sobrevoou a impetuosa cheia do rio e depois se extinguiu. Nós corremos para lá e vimos uma mulher desgrenhada se contorcendo. O lenço dela fora lançado longe, e os cabelos colavam-se à testa suada. Ela girava os olhos, atormentada, e rasgava com as unhas o casaco de peles que vestia. O sangue vivo lambuzava a primeira grama, franzina e verde-pálida, que surgira na terra fértil, embebida de água.

— Não conseguimos chegar a tempo, não conseguimos — Pelagueia Ivánovna disse apressadamente, ela também de cabeça descoberta, parecendo uma bruxa, e desenrolou a gaze.

E bem ali, escutando o rugido alegre da água que rasgava seu caminho por entre os pilares escurecidos da ponte, feitos com troncos de árvore, Pelagueia Ivánovna e eu recebemos um bebê do sexo masculino. Nós o recebemos vivo, e salvamos a mãe. Depois, as duas auxiliares de enfermagem e Egóritch, com o pé esquerdo descalço, tendo-se livrado enfim da sola putrefeita, transportaram a mãe para o hospital em uma padiola.

Quando ela, pálida e já mais calma, jazia coberta pelos lençóis, quando o bebê foi colocado num bercinho ao lado e tudo voltou à ordem, perguntei-lhe:

— Mas que coisa, mãe, você não achou lugar melhor para parir do que numa ponte? Por que não veio a cavalo?

Ela respondeu:

— Meu sogro não me deu o cavalo. "São só cinco verstas", ele disse, "você chega a pé. Você é uma mulher saudável. Não tem por que levar o cavalo à toa..."

— Seu sogro é um idiota e um porco — respondi.

— Ah, a que ponto o povo é ignorante — Pelagueia Ivánovna acrescentou em voz lastimosa, e depois, por algum motivo, deixou escapar um risinho.

Captei o olhar dela; estava fixo na minha bochecha esquerda. Saí e, na sala de parto, dei uma olhada no espelho. Esse espelho mostrou o que normalmente mostrava: uma fisionomia meio torta de um tipo evidentemente degenerado, o olho direito meio caído. Mas — e aqui o espelho já não tinha culpa — na bochecha direita do degenerado seria possível bailar, como em um assoalho liso, e na bochecha esquerda se estendia uma densa moita arruivada. O queixo servia de divisória. Lembrei-me de um livro em encadernação amarela com a inscrição *Sacalina*.[16] Nele havia fotografias de diversos homens.

"Assassinato, arrombamento, um machado ensanguentado", pensei, "dez anos de cadeia... Apesar de tudo, que vida original eu tenho nesta ilha deserta... Preciso ir terminar de me barbear..."

Inspirando o vento de abril trazido dos campos escuros, escutei o grasnar de um corvo que vinha do cimo das bétulas, apertei os olhos por causa do impacto da luz do sol e cruzei o pátio para terminar de me barbear. Isso foi quase três horas da tarde. Mas eu só terminei de me barbear às nove da

---

[16] Ilha no extremo oriente russo que, a partir de 1857, passou a servir de colônia penal. Tchekhov, que também era médico, escreveu um livro sobre o tema, *A ilha de Sacalina* (1893). (N. da T.)

O olho desaparecido

noite. Em Múrievo — ao menos até onde pude reparar —, as surpresas desse tipo, como um parto em meio aos arbustos, nunca vinham sozinhas. Eu acabara de agarrar a maçaneta da porta do meu alpendre quando um focinho de cavalo apareceu no portão, puxando com fortes solavancos um carrinho coberto de sujeira. Uma mulher conduzia, e gritava com voz fina:

— Eia! *Demonho*!

E do alpendre eu ouvi um menino choramingando, envolto em trapos.

É claro que ele tinha uma perna quebrada, e eu e o enfermeiro passamos duas horas engessando a perna do menino, que uivou as duas horas inteirinhas. Depois já era preciso almoçar, depois fiquei com preguiça de me barbear, quis ler alguma coisa, e nisso o crepúsculo chegou se arrastando, tragou o horizonte, e eu, franzindo o rosto com aflição, terminei de me barbear. Mas como o barbeador dentado ficara esquecido na água com sabão, um risquinho de ferrugem ficou nele para sempre, como lembrança do parto primaveril junto à ponte.

Pois é... não tinha por que se barbear três vezes por semana. Às vezes a neve nos cobria por completo, uivava uma nevasca incrível, ficávamos sozinhos no hospital de Múrievo por dois dias, não mandávamos ninguém nem a Voznessiênski, a nove verstas de distância, para buscar jornais, e eu passava longas noites medindo meu gabinete com passos, e ansiava tão avidamente por um jornal quanto na infância o fazia por O *caçador* de Fenimore Cooper.[17] Mesmo assim, os hábitos ingleses não se extinguiram de todo na ilha deser-

[17] James Fenimore Cooper (1789-1851), escritor norte-americano, autor de romances históricos de aventura como O *último dos moicanos* (*The Last of the Mohicans*, 1826) e O *caçador* (*The Pathfinder*, 1840), ambos protagonizados pelo herói Natty Bumppo. (N. da T.)

ta de Múrievo, e de tempos em tempos eu tirava o brinque-do brilhante do estojinho preto e me barbeava vagarosamen-te; saía liso e limpo, como o orgulhoso ilhéu. Só era uma pe-na que não houvesse ninguém para me admirar.

Deixe-me ver... sim... de fato houve ainda outro inciden-te em que, segundo me lembro, eu havia tirado a navalha do estojo e Aksínia acabara de trazer para o gabinete uma cane-ca amassada com água quente, quando bateram ameaçado-ramente e vieram me chamar. Então Pelagueia Ivánovna e eu partimos para uma lonjura medonha, agasalhados em casa-cos de pele de carneiro, corremos como um espectro negro composto de cavalos e cocheiro que cruzava um enfurecido oceano branco. A tempestade de neve assobiava como uma bruxa, uivava, cuspia, gargalhava, tudo sumira, como que tragado pelo inferno, e eu experimentei um esfriamento fa-miliar na região do plexo solar ante o pensamento de que nos desviaríamos do caminho em meio àquela treva satânica e rodopiante, e nos extraviaríamos na noite, todos nós: Pela-gueia Ivánovna, o cocheiro, os cavalos e eu. Ainda, segundo me lembro, ocorreu-me o estúpido pensamento de que, quan-do estivéssemos congelando e a neve já nos tivesse coberto pela metade, eu injetaria morfina na parteira, no cocheiro e em mim mesmo... Para quê? Ora, para não sofrer. "Você vai congelar, médico, e sem morfina, de uma forma magnífica", lembro que uma voz seca e robusta me respondeu, "Bem fei-to pra você..." Uh-hu-hu!... Rá-sss! — assobiava a bruxa, e nós sacudíamos, sacudíamos no trenó... Bom, publicarão lá no jornal da capital, na última página, que, bem, ao que pa-rece, assim e assim, morreram no cumprimento de suas obri-gações profissionais o médico tal, e também Pelagueia Iváno-vna, com o cocheiro e um par de cavalos. Seus restos mortais descansam no mar de neve. Tsc... o que se mete na cabeça quando o assim chamado dever profissional vai te levando e levando...

Mas não morremos, não nos perdemos, e chegamos à aldeia de Grischevo, onde me pus a fazer a segunda versão podálica da minha vida. A parturiente era a esposa do professor do vilarejo, e enquanto eu e Pelagueia Ivánovna, com sangue até os cotovelos e os olhos cobertos de suor, nos batíamos com a versão sob a luz da lâmpada, ouvia-se o marido atrás da porta de tábuas, gemendo e vagueando pela metade escura da isbá. Sob os gemidos da parturiente e os incessantes soluços do marido, eu quebrei, confesso em segredo, o bracinho do bebê. O bebezinho nasceu morto. Ah, como me corria o suor pelas costas! Instantaneamente me veio à cabeça que alguém terrível, sombrio e enorme irromperia na isbá e diria com voz de pedra: "A-há! Tirem o diploma dele!".

Quase apagando, olhei para o cadaverzinho amarelado e para a mãe, que parecia de cera, deitada imóvel no torpor do clorofórmio. Uma corrente de nevasca batia contra o postigo, nós o abrimos por um minuto, para dispersar o cheiro asfixiante de clorofórmio, e essa corrente se transformou num porrete de vapor. Depois bati o postigo, fechando-o, e de novo repousei o olhar sobre o bracinho que pendia desamparado no colo da parteira. Ah, não consigo nem expressar o estado de desespero em que voltei para casa, sozinho, porque deixei Pelagueia Ivánovna para tomar conta da mãe. O trenó me atirava de um lado para o outro na nevasca que rareava, as florestas sombrias me olhavam com censura, sem esperança, em desespero. Senti-me vencido, despedaçado, esmagado pelo destino cruel. Ele me lançara aqui neste fim de mundo e me mandara lutar sozinho, sem qualquer suporte ou instrução. Que dificuldades extraordinárias eu tenho de passar. Podem me trazer o caso intrigante ou complicado que quiserem, quase sempre um caso cirúrgico, e eu devo encará-lo com minha cara barbada e vencê-lo. E se você não vence, fica se atormentando, como agora, enquanto te rolam pelos buracos da estrada para longe de uma mãe e o cadáver de seu bebezinho. No dia seguinte, assim que a nevasca diminuir, Pelagueia Ivánovna vai trazê-la até o hospital, e a grande pergunta será: conseguirei salvá-la? E como é que eu a salvaria? Como entender essa palavra grandiosa? No fundo, eu ajo ao acaso, não sei é nada. Sim, tivera sorte até aquele momento, coisas admiráveis saíram bem-sucedidas das minhas mãos, mas naquele dia a sorte não sorrira para mim. Ah, eu sentia o coração apertado de solidão, de frio, de não ter ninguém por perto. E talvez ainda houvesse cometido um crime — aquele bracinho. Devia ir a algum lugar, lançar-me aos pés de alguém, dizer que, então, ao que parece, assim e assim, eu, médico tal, quebrara o braço de um bebezinho. Levem o meu diploma, não sou digno dele, queridos colegas, enviem-me para a ilha de Sacalina. Pfft, que neura!

Lancei-me no fundo do trenó, enrodilhei-me, para que o frio não me devorasse tão avidamente, e enxerguei a mim mesmo como um pobre cachorrinho, um cão desajeitado e sem lar.

Viajamos por muito, muito tempo, até que adiante fulgurou o lampião junto aos portões do hospital, pequeno, porém tão alegre, sempre benquisto. Ele piscava, minguava, incendiava-se de repente e de novo sumia, atraindo-nos para si. E ao vê-lo, a minha alma solitária ficou um pouco mais leve, e quando o lampião se firmou solidamente perante os meus olhos, quando ele cresceu e se aproximou, quando as paredes do hospital se transfiguraram de pretas em esbranquiçadas, eu, entrando pelos portões, já falava a mim mesmo: "Besteira, um bracinho. Não quer dizer nada. Você quebrou o braço de um bebê já morto. Não deve pensar no bracinho, mas no fato de que a mãe está viva".

O lampião me animou um pouco, o alpendre conhecido também, mas ainda assim, já dentro de casa, subindo para o meu gabinete, sentindo o calor da lareira, antegozando o sono, libertador de todos os tormentos, eu balbuciava al-

O olho desaparecido

go como: "Está certo, que seja. Mas mesmo assim é assustador e solitário. Muito solitário".

A navalha jazia sobre a mesa, e ao lado estava a caneca com água quente esfriando. Joguei a navalha numa gaveta com desprezo. Eu precisava muito, muito me barbear...

Um ano inteiro, veja só. Enquanto se arrastava, parecia multifacetado, multiforme, complicado e assustador, embora agora eu entenda que voou como um furacão. Mas aqui estou diante do espelho e vejo os rastros que o ano deixou no meu rosto. Os olhos se tornaram mais rígidos e inquietos, a boca, mais convicta e corajosa, a ruga no dorso do nariz ficará para o resto da vida, como ficarão as minhas recordações. Eu as vejo no espelho, elas correm numa série desenfreada. Quem diria que houve um tempo em que eu ainda tremia ao pensar no meu diploma, ao pensar que algum tribunal fantástico me julgaria e os terríveis juízes perguntariam: "E onde está o maxilar do soldado? Responda, celerado com ensino superior!".

Como não lembrar disso! O negócio foi o seguinte: embora no mundo exista o enfermeiro Demián Lukitch, que arranca dentes tão agilmente quanto um carpinteiro arranca pregos enferrujados de tábuas finas, o tino e a noção do meu próprio valor aconselharam, ainda nos meus primeiros passos no hospital de Múrievo, que era preciso que eu mesmo aprendesse a arrancar dentes. Demián Lukitch podia se ausentar ou adoecer, e as nossas parteiras fazem de tudo, exceto uma coisa: dentes elas não arrancam, sentem muito, mas não é o forte delas.

Pois bem... Recordo-me perfeitamente daquela fisionomia corada, mas em intenso sofrimento, no banquinho à minha frente. Era um soldado retornando, junto com outros, do front que se desmanchava após a revolução. Lembro muito bem também do dente cariado, forte e colossal, solidamente cravado no maxilar. Apertando os olhos com uma expressão sábia e soltando grasnidos de preocupação, coloquei as pinças no dente, momento em que, todavia, lembrei-me nitidamente do conhecido conto de Tchekhov sobre como arrancaram o dente de um sacristão.[18] E então, pela primeira vez, esse conto não me pareceu nem um pouquinho engraçado.

Ouviu-se um estalo na boca e o soldado uivou brevemente: "Auuu!".

Depois disso, cessou a resistência sob a minha mão e as pinças saltaram da boca ainda apertando um objeto branco e ensanguentado. Aí o meu coração paralisou de medo, porque o objeto ultrapassava em volume qualquer dente, mesmo o molar de um soldado. De início não entendi nada, mas depois por pouco não me pus a soluçar: nas pinças, é verdade, sobressaía um dente com raízes bem longas, mas do dente pendia um enorme pedaço de osso, irregular, vividamente branco.

"Quebrei o maxilar dele", pensei, e as minhas pernas fraquejaram. Bendizendo a sorte por nem o enfermeiro, nem as parteiras estarem por perto, com um movimento sorrateiro eu embrulhei o fruto do meu trabalho malfeito em gaze e o escondi no bolso. O soldado se balançava no banquinho, segurando-se com uma mão ao pé da cadeira obstétrica e, com a outra, ao pé do banquinho, e me olhava com olhos esbugalhados e completamente atônitos. Desnorteado, enfiei-lhe na cara um copo com uma solução de permanganato de potássio e ordenei: "Bocheche".

Foi um ato estúpido. Ele encheu a boca com a solução, mas quando a cuspiu na xícara, aquilo jorrou misturado ao sangue escarlate do soldado, transformando-se, no caminho, em um líquido denso de cor jamais vista. Então o sangue jor-

---

[18] Trata-se do conto "A cirurgia", de 1884. (N. da T.)

O olho desaparecido

rou da boca do soldado de tal forma que eu paralisei. Se eu tivesse dado uma navalhada na garganta do coitado, dificilmente jorraria mais forte. Pondo de lado a solução com potássio, lancei-me sobre o soldado com bolas de gaze e obstruí o buraco escancarado no maxilar. A gaze ficou instantaneamente escarlate e, retirando-a, vi com horror que naquele buraco dava para acomodar com folga uma ameixa de tamanho grande.

"Machuquei pra valer o soldado", pensei, desesperado, e puxei longas faixas de gaze do frasco. Enfim o sangue cessou, e untei a cova do maxilar com iodo.

— Não coma nada por três horas — disse ao meu paciente, com a voz trêmula.

— Meus mais humildes agradecimentos — respondeu o soldado, olhando com algum assombro para a xícara cheia de sangue.

— Você, meu amigo — eu disse com uma voz lastimosa —, você vai fazer o seguinte... apareça aqui amanhã ou depois de amanhã para eu dar uma olhada. Eu... veja bem... vou precisar examinar se... você não tem ainda algum dente suspeito perto desse... Tudo bem?

— Agradeço humildemente — o soldado respondeu, sombrio, e deu no pé segurando a própria mandíbula, enquanto eu me bandeei para o consultório e fiquei lá sentado algum tempo, me balançando com as mãos na cabeça, como se eu mesmo estivesse com dor de dente. Cinco vezes tirei do bolso a bolota dura e ensanguentada e cinco vezes a escondi.

Vivi uma semana como que na névoa, emagreci e definhei.

"O soldado vai ter uma gangrena, uma bacteremia... Ah, que inferno! Pra que eu fui me meter com ele e com aquelas pinças?"

Quadros disparatados delineavam-se para mim. O soldado começa a tremer. De início ele anda, conta sobre Kérenski[19] e o front, depois vai ficando cada vez mais quieto. Kérenski já não lhe interessa. O soldado se deita em um travesseiro de chita e delira. Há quarenta pessoas à sua volta. Toda a aldeia visita o soldado. Depois o soldado jaz numa mesa, embaixo dos retratos dos santos, com o nariz saliente.

Começam os mexericos na aldeia.

"O que foi que aconteceu?"

"O *dotô* arrancou o dente dele..."

"E depois *óia* só..."

Mais adiante viria mais. Um inquérito. Viria um homem sisudo:

— Foi o senhor que arrancou o dente do soldado?

— Sim... fui eu.

Exumarão o soldado. Julgamento. Vergonha. Eu sou a causa da morte. E eis que não sou mais um médico, mas um desgraçado, um homem jogado ao mar, ou, mais provavelmente, um ex-homem.

O soldado não aparecia, eu andava triste pelos cantos, a bolota enferrujava e secava na escrivaninha. Era preciso ir à capital da província dali a uma semana para pegar o ordenado da equipe. Parti em cinco dias e, antes de mais nada, fui ver o médico do hospital da província. Esse homem com uma barbinha impregnada de fumo trabalhava havia vinte e cinco anos no hospital. E aparentava isso mesmo. Sentei-me à noite com ele em seu gabinete, bebendo chá com limão em desalento, esgaravatando a toalha da mesa, até que por fim não me aguentei e conduzi um discurso falso e nebuloso, que, veja só, dizem... será que acontece, às vezes... quando alguém arranca um dente... e acaba quebrando o maxilar... pode até

---

[19] Aleksandr Kérenski foi primeiro-ministro do governo provisório que se instalou na Rússia em fevereiro de 1917, sendo deposto pelos bolcheviques em outubro do mesmo ano. (N. da T.)

O olho desaparecido

acontecer uma gangrena, não é verdade? Sabe, um pedaço...
eu li que...

O outro escutou, escutou, pousando em mim seus olhinhos desbotados sob as sobrancelhas peludas, e de repente disse assim:

— Então foi o senhor que quebrou o alvéolo dele... Mas ainda vai arrancar dentes maravilhosamente... Largue o chá, vamos beber um pouco de vodca antes do jantar.

E, naquele instante, meu soldado algoz saiu-me da cabeça para sempre.

Ah, o espelho das recordações. Passou-se um ano. Como é engraçado lembrar desse alvéolo! É verdade que eu nunca vou arrancar dentes como Demián Lukitch. Quem me dera. Ele todo dia arranca uns cinco, e eu arranco só um a cada duas semanas. Mesmo assim, arranco como muitos gostariam de arrancar. Não quebro nenhum alvéolo, e ainda que quebrasse, não me assustaria.

E o que são uns dentinhos?! O que foi que eu não cansei de ver e não fiz nesse ano singular?

A noite fluiu para dentro da sala. A lâmpada já ardia, e eu, flutuando na amarga fumaça do tabaco, fiz um balanço final. Meu coração se encheu de orgulho. Fizera duas amputações de perna, e nem conto de quantos dedos. E lavagens, anotei dezoito vezes. E uma hérnia. E uma traqueotomia. Fiz, e deu tudo certo. Quantos abscessos gigantes eu havia incisado! E ataduras após fraturas ósseas. Com gesso e com amido. Endireitei entorses. Intubações. Partos. Venham com os partos que quiserem. Cesariana não farei, é verdade. Posso enviar para a cidade. Mas fórceps, versões — quantas quiserem.

Lembro do meu último exame público de medicina legal. O professor disse:

— Fale sobre ferimentos à queima-roupa.

Comecei a descrever com desenvoltura e falei longamente, na minha memória visual flutuava a página de um manual volumosíssimo. Por fim, esgotei meus recursos, o professor me lançou um olhar enojado e falou num rangido:

— Nada parecido com o que você disse acontece em casos de ferimento à queima-roupa. Quantas notas cinco você tem?

— Quinze — respondi.

Ele pôs um três ao lado do meu nome, e eu saí dali envolto em névoa e vergonha...

Saí e logo depois vim para Múrievo, e aqui estou eu, sozinho. Sabe-se lá o que acontece em casos de ferimento à queima-roupa, mas quando diante de mim, na mesa de operação, jazia um homem com uma espuma rosada de sangue e cheia de bolhas a lhe saltar dos lábios, por acaso eu me perdi? Não, e mesmo que todo o peito dele tivesse sido despedaçado por chumbo de caçar lobos, que o pulmão estivesse visível e a carne do peito pendesse em farrapos, por acaso fiquei desnorteado? E em um mês e meio ele saiu do meu hospital vivo. Na universidade, não tive nem uma vez a honra de segurar nas mãos um fórceps, e aqui, é verdade que tremendo, coloquei-o onde devia em um minuto. Não escondo que o bebê nasceu meio estranho: tinha metade da cabeça inflada, um tom entre o azul e o roxo, e faltava um olho. Fiquei gélido. Escutei confusamente as palavras de consolo de Pelagueia Ivánovna.

— Não foi nada, doutor, é que o senhor colocou uma das colheres no olho dele.

Tremi por dois dias, mas depois dos dois dias a cabeça voltou ao normal.

Que ferimentos eu costurei! Que pleurites purulentas vi, e escancarei as costelas em volta delas; que pneumonias, tifos, cânceres, sífilis, hérnias (que eu endireitei), hemorroidas e sarcomas.

O olho desaparecido

Inspirado, abri o livro de registros e li por uma hora. E contei. Em um ano, até aquela hora da noite, eu havia atendido quinze mil seiscentos e treze pacientes. Duzentos ficaram internados aqui comigo, e apenas seis morreram.

Fechei o livro e arrastei-me para a cama. Eu, que aos vinte e quatro anos completava um ano naquele lugar, fui me deitar e, ao adormecer, pensei no quão colossal era minha experiência agora. O que eu tinha a temer? Nada. Eu tirava ervilhas das orelhas de menininhos, eu cortava, cortava, cortava... Minha mão é corajosa, não tremerá. Vi todo tipo de truque e aprendi a compreender as falas da mulher do campo, que ninguém compreende. Entendo-me com elas como Sherlock Holmes com suas pistas... O sono se aproxima cada vez mais.

— E eu — resmunguei, adormecendo —, eu positivamente não consigo prefigurar um caso que me tragam que me possa pôr num beco sem saída... Talvez lá na capital até digam que isso é amadorismo... nas suas salas de raios X... Mas sou eu quem está aqui... isso é tudo... E os camponeses não vivem sem mim... Como eu tremia antes, quando batiam na porta, como me contraía de medo mentalmente... E agora...

* * *

— Quando foi que isso aconteceu?
— Tem uma semana, paizinho, uma semana, querido... Saltou assim...
E a mulher se pôs a choramingar.
Contemplava-nos a manhã cinzenta de outubro do primeiro dia do meu segundo ano. Na noite anterior eu me orgulhava e me gabava ao adormecer, e nesta manhã lá estava eu, de pé na enfermaria, perscrutando desconcertado...

Ela segurava um menino de um aninho nos braços, como um fardo de lenha, e o menino não tinha o olho esquerdo. No lugar do olho, uma esfera de cor amarela com as dimensões de uma maçã pequena sobressaía das pálpebras dilatadas e afiladas. O menininho gritava e se debatia em sofrimento, a mulher choramingava. E eu, de minha parte, estava completamente perdido.

Comecei a andar por todo lado. As parteiras e Demián Lukitch estavam parados atrás de mim. Estavam calados, jamais tinham visto algo assim.

"O que será isso?... Uma encefalocele?... Hm... Mas ele está vivo... Um sarcoma?... Hm... é muito mole... Um tumor horrendo, jamais visto?... Mas a partir do que teria se desenvolvido?... Do olho que havia ali?... Talvez nunca tenha havido olho nenhum... Em todo caso, agora não há..."

— É o seguinte — eu disse, inspirado —, será necessário cortar fora essa coisa...

E, de imediato, imaginei-me fazendo um talho na pálpebra, afastando-a para o lado, e...

"E o quê... O que fazer a seguir? Talvez isso seja mesmo do cérebro... Uff, inferno... É meio macio... Parece com cérebro..."

— Cortar o quê? — perguntou a mulher, empalidecendo. — Cortar os *ôio*? Eu não vou deixar!

E, aterrorizada, começou a embrulhar o bebê nos trapinhos.

— Ele não tem olho nenhum aí — respondi categoricamente. — Veja você, onde é que o olho vai estar? O seu bebê tem um tumor estranho...

— Dê umas gotinhas — falou a mulher, apavorada.

— O quê, está brincando? Que gotinhas o quê! Não tem gotinha que resolva isso!

— Que coisa, e ele vai ficar o quê, sem olho?

— Mas ele nem olho tem, estou dizendo...

O olho desaparecido

— Mas no terceiro dia tinha! — exclamou a mulher, desesperada.

"Inferno!"

— Não sei, pode ser que tinha... inferno... mas agora já não tem... e, quer saber, querida?, leve esse seu bebê para a cidade. E sem demora lá farão uma operação... Demián Lukitch, que tal?

— Hm, sim — o enfermeiro respondeu, compenetrado, claramente sem saber o que dizer —, é algo nunca visto.

— Para cortar na cidade? — a mulher perguntou, horrorizada. — Não levo!

Acabou que a mulher levou o bebê embora, sem permitir que tocássemos no olho dele.

Por dois dias eu quebrei a cabeça, encolhi os ombros, revolvi a bibliotequinha, examinei desenhos nos quais estavam retratados bebês com bolhas sobressaindo no lugar dos olhos... Droga.

E dois dias depois o bebê foi esquecido.

Passou-se uma semana.

— Anna Jukhova! — gritei.

Entrou uma mulher alegre com uma criança nos braços.

— Qual é o problema? — perguntei, como de hábito.

— Tá meio entupido, não consegue respirar fundo — comunicou a mulher, e por alguma razão, sorriu maliciosamente.

O som da voz dela me fez estremecer.

— Reconheceu? — a mulher perguntou, zombeteira.

— Espere... espere... Mas o que é isso... Espere... Essa é aquela mesma criança?

— Ele mesmo. Lembra, senhor doutor, que o senhor disse que ele não tinha olho e era para cortar?...

Fiquei aturdido. A mulher me olhava vitoriosa, o riso brincava nos olhos dela.

Em seus braços o bebê estava acomodado, sereno, e espiava o mundo com seus olhos castanhos. Não havia nem vestígio da bolha amarela.

"Isso é bruxaria", pensei, debilmente.

Depois voltei a mim um pouco, afastei a pálpebra cuidadosamente. O menino choramingou, tentou girar a cabeça, mas ainda assim avistei... uma cicatrizinha minúscula na mucosa... Aah...

— Assim que a gente saiu daqui no *otro* dia... ela rebentou...

— Não precisa, dona, não conte — eu disse, embaraçado —, já entendi...

— E o senhor disse que não tinha olho... Veja só, nasceu — e a mulher deu risadinhas escarnecedoras.

"Entendi, que o diabo me carregue... o maior dos abscessos se desenvolveu na pálpebra inferior dele, cresceu, apertou e deslocou o olho, cobriu-o por completo... e, depois que estourou, o abscesso secou... e tudo voltou ao normal..."

Não. Nunca, nem dormindo, eu resmungarei com orgulho que nada mais me surpreenderá. Não. Um ano passou, passará outro, e será tão rico em surpresas como o primeiro... Portanto, é preciso aprender com humildade.

O olho desaparecido

EXANTEMA ESTRELADO

Era ela! A intuição me dizia. Não dava para contar com meus conhecimentos. Conhecimentos, eu, um médico que concluíra os estudos universitários seis meses antes, claramente nem tinha.

Temi tocar o homem no ombro nu e quente (embora não houvesse o que temer) e ordenei-lhe verbalmente:

— Titio, venha cá, sim? Chegue mais perto da luz!

O homem virou-se como eu queria, e a luz do lampião a querosene se derramou em sua pele amarelada. Em meio a essa amarelidão, no peito arqueado e nas laterais, aparecia um exantema marmóreo. "Como estrelas no céu", pensei, e com um calafrio na região do coração, inclinei-me em direção ao peito, depois desviei os olhos do peito para o rosto. Na minha frente estava um rosto de quarenta anos, com uma barbicha embaraçada de uma cor cinza suja e olhinhos astutos, encobertos por pálpebras inchadas. Nesses olhinhos, para minha grande surpresa, li importância e consciência do próprio valor.

O homem piscava de quando em quando, olhava em volta, indiferente e enfastiado, e endireitava o cinto nas calças.

"É ela, a sífilis", repeti em pensamento, severamente. Pela primeira vez na minha vida clínica eu me deparava com ela, eu, um médico que acabara de sair dos bancos da universidade e fora arremessado num fim de mundo rural no começo da Revolução.

E eu dera de cara com a sífilis acidentalmente. Esse homem veio se consultar e se queixou de que sua garganta estava obstruída. De forma totalmente inconsciente e sem nem pensar em sífilis, mandei que se despisse, e foi então que eu vi esse exantema estrelado.

Somei a rouquidão, a funesta vermelhidão na garganta, as estranhas manchas brancas que havia nela, o peito marmóreo, e adivinhei. A primeira coisa que fiz foi limpar covardemente as mãos com uma bolinha de cloreto de mercúrio, enquanto o pensamento "acho que ele tossiu nas minhas mãos" me envenenava por um minuto. Depois, com nojo e impotência, girei nas mãos a espátula de vidro que usara para examinar a garganta do meu paciente. Onde enfiá-la?

Decidi colocá-la na janela, numa bolinha de algodão.

— É o seguinte — eu disse —, veja só... Hm... Aparentemente... Aliás, até provavelmente... O senhor, veja bem, está com uma doença muito ruim: sífilis...

Disse isso e me desconcertei. Eu achava que aquele homem levaria um tremendo susto, ficaria nervoso...

Ele não se assustou ou ficou nervoso nem um pouquinho. Lançou-me um olhar meio enviesado, do tipo que as galinhas lançam com seus olhos redondos quando escutam uma voz a chamá-las. Naqueles olhos redondos, notei, com muito assombro, certa incredulidade.

— O senhor tem sífilis — repeti suavemente.

— E o que é isso? — perguntou o homem com o exantema marmóreo.

Nesse momento surgiu claramente perante os meus olhos o canto de uma enfermaria branca como a neve, a enfermaria da universidade, um anfiteatro com cabeças de estudantes amontoadas e a barba cinzenta do professor venereologista... Mas rapidamente despertei e me lembrei que estava a 1.500 verstas do anfiteatro e a quarenta verstas da estrada de ferro, à luz de um lampião a querosene... Atrás da porta bran-

Exantema estrelado

ca, incontáveis pacientes faziam um barulho que chegava abafado, enquanto esperavam na fila. Lá fora anoitecia progressivamente e voava a primeira neve do inverno.

Mandei o paciente se despir um pouco mais e encontrei a lesão inicial, já cicatrizando. As últimas dúvidas me abandonaram, e veio-me um sentimento de orgulho, que aparecia invariavelmente toda vez que eu acertava um diagnóstico.

— Pode se abotoar — comecei a falar —, o senhor está com sífilis! É uma doença muitíssimo séria, que se apossa de todo o organismo. O senhor terá que se tratar por muito tempo!...

Nesse momento eu titubeei, porque — juro! — naquele olhar com jeito de olhar de galinha, li uma surpresa nitidamente misturada com ironia.

— É a garganta que tá *rôca* — manifestou-se o paciente.

— Pois sim, foi isso mesmo que fez ficar rouca. Foi isso que causou o exantema no peito. Olhe para o seu peito...

O homem entortou os olhos e deu uma olhada. A luzinha irônica não se apagou do olhar dele.

— Eu tenho que tratar é da garganta — ele proferiu.

"Por que é que ele está todo cheio de si?", pensei, já com alguma impaciência. "Eu falando de sífilis, e ele pensando na garganta!"

— Escuta, titio — prossegui, em voz alta —, a garganta é um problema secundário. Também vamos dar um jeito na garganta, mas o principal é que é preciso tratar sua doença generalizada. E o senhor vai ter que se tratar por um bom tempo: dois anos.

Nisso o paciente arregalou os olhos para mim. E neles eu pude ler minha sentença: "*Cê* ficou foi maluco, doutor!".

— Por que tanto tempo? — o paciente perguntou. — Como assim dois anos?! Me dá um gargarejo qualquer pra garganta...

Dentro de mim tudo se inflamou. E comecei a falar. E já

não receava assustá-lo. Oh, não, pelo contrário, aludi ao fato de que até o nariz podia cair. Contei sobre o que aguardava meu paciente dali em diante, no caso de ele não se tratar adequadamente. Toquei a questão do potencial de contágio da sífilis e falei longamente sobre os pratos, as colheres e xícaras, sobre uma toalha separada...

— O senhor é casado? — perguntei.

— *Sô* — ele respondeu em pasmo.

— Mande sua mulher vir se consultar sem demora! — eu disse, com paixão e agitado. — Ela deve estar doente também, não?

— Minha *muié*?! — perguntou o paciente e perscrutou-me, grandemente surpreso.

E assim nós continuamos a conversa. Piscando de quando em quando, ele olhava as minhas pupilas, e eu as dele. Para ser mais exato, não foi uma conversa, mas um monólogo meu. Um monólogo brilhante, pelo qual qualquer dos professores daria nota cinco a um estudante do quinto ano. Descobri em mim um conhecimento imensíssimo no campo dos estudos sobre a sífilis, e uma sagacidade fora do comum. Ela preenchia as lacunas obscuras nos lugares em que as linhas dos manuais alemães e russos não bastavam. Contei o que acontece com os ossos do sifilítico que não se trata, e de passagem descrevi até uma paralisia progressiva. A prole! E como salvar a mulher?! Ou, se ela estivesse contaminada, e provavelmente estava, como tratá-la?

Por fim meu fluxo cessou, e, com um movimento tímido, tirei do bolso um guia em encadernação vermelha com letras douradas. Aquele meu fiel amigo, do qual eu não me separava nos meus primeiros passos no caminho profissional, quantas vezes ele me salvou quando as malditas questões de receituário escancaravam suas negras bocarras diante de mim! Furtivamente, enquanto o paciente se vestia, folheei as paginazinhas e encontrei o que precisava.

Exantema estrelado

Unguento de mercúrio é um remédio magnífico.

— O senhor vai esfregar o remédio no corpo. Darão seis pacotinhos de unguento para o senhor. O senhor vai esfregar um pacotinho por dia... assim...

E fiz uma demonstração calorosa de como era preciso esfregar, esfregando eu mesmo a palma da minha mão vazia no jaleco...

— ... Hoje, no braço, amanhã, na perna, depois novamente no braço, o outro. Quando tiver terminado as seis vezes, lave-se e venha ao hospital. Sem falta. Está ouvindo? Sem falta! Sim! Além disso, é preciso cuidar muito dos dentes e da boca em geral, enquanto o senhor estiver se tratando. Vou lhe prescrever um gargarejo. Depois de comer, faça sem falta uns gargarejos...

— Pra garganta? — perguntou o paciente, rouco, e aí notei que foi só falar em "gargarejos" que ele se reanimou.

— Sim, sim, para a garganta também.

Dentro de alguns minutos as costas amarelas do sobretudo de peles se afastavam dos meus olhos em direção à porta, para qual abria caminho uma cabeça de mulher envolta em um lenço.

E, após mais alguns minutos, percorrendo o corredor mal iluminado do meu consultório ambulatorial até a farmácia para buscar cigarros, escutei nitidamente um sussurro rouco.

— Médico ruim. É jovem. Minha garganta fechada, entende?, e ele olhando, olhando... uma hora o peito, outra hora a barriga. Tanta coisa pra fazer, e você passa metade do dia no hospital. A hora que você sai já é de noite. Oh, Senhor! A garganta dói e ele dá unguento pras pernas.

— Desatento, desatento — reforçou uma voz de mulher, com um leve tinido, e de repente se interrompeu de chofre. Era eu que, como um fantasma, surgia em meu jaleco branco. Não me aguentei, lancei um olhar e reconheci na semies-

110 Mikhail Bulgákov

curidão aquela barbicha que lembrava fiapos de estopa, e as pálpebras intumescidas, e o olho de galinha. Reconheci também a voz terrivelmente rouca. Afundei a cabeça entre os ombros, encolhi-me um tanto furtivamente, como se eu fosse culpado, sentindo claramente uma espécie de escoriação a arder-me na alma. Eu estava com medo.

Será possível que tudo aquilo fora em vão?...

... Não pode ser! E por um mês, a cada dia de consulta, eu passava os olhos no livro ambulatorial de manhã, com a atenção de um agente secreto, esperando encontrar o sobrenome da esposa do ouvinte atento do meu monólogo sobre a sífilis. Esperei o próprio por um mês. Ninguém veio. E depois de um mês ele se apagou da minha memória, deixei de me afligir, esqueci...

Porque vieram outros e outros, e a cada dia do meu trabalho naquele fim de mundo esquecido trazia-me casos estupendos, coisas cavilosas, que me obrigavam a extenuar o cérebro, a perder-me e recuperar a presença de espírito centenas de vezes, reanimando-me novamente para a luta.

Agora que se passaram muitos anos, longe do hospital branco descascado e esquecido, relembro o exantema estrelado no peito dele. Onde ele estará? O que estará fazendo? Ah, eu sei, sei bem. Se estiver vivo, de tempos em tempos ele e sua esposa vão ao hospital local. Reclamam de chagas nas pernas. Posso visualizá-lo claramente, desembrulhando as ataduras, buscando compaixão. E um jovem médico ou médica, de jaleco branquinho e remendado, se inclina para aquelas pernas, prime com o dedo o osso acima da chaga, procura as causas. Descobre e escreve no livro: "Lues III", depois pergunta se não lhe deram unguento negro para tratamento.

E nesse momento, assim como eu me lembro dele, ele se lembra de mim, ano de 1917, a neve lá fora, e os seis pacotinhos em papel encerado, seis bolas pegajosas nunca usadas.

— Como que não? Como não? Deu sim... — ele diz,

olhando já sem ironia, mas com um alarme sombrio nos olhos. E o médico lhe prescreverá iodeto de potássio, e talvez receite algum outro tratamento. Também pode ser que dê uma olhada, como eu, no guia...

Saudações, meu camarada!

"... e também, minha esposa adorada, transmita meus humildes cumprimentos ao tio Sofron Ivánovitch. E, além disso, querida esposa, vá ver o nosso doutor, para que te examine, porque já estou doente há meio ano de uma doença feia, a sífilis. Quando estive em casa de licença, não me abri com você. Faça o tratamento.

Seu esposo, A. Bukov"

A mulher jovem tapava a boca com a ponta de um lenço de flanela, sentada no banco, com o pranto a sacudi-la. Caracóis dos seus cabelos claros, úmidos da neve que derretia, soltavam-se sobre a testa.

— Não é um patife? Hein?! — ela berrou.

— É um patife — respondi com firmeza.

Então começou a parte mais difícil e tormentosa. Era preciso acalmá-la. E acalmar como? Sob o ruído das vozes que esperavam, impacientes, na recepção, nós sussurramos por muito tempo...

Em algum lugar no fundo da minha alma, que ainda não se embotara para o sofrimento humano, encontrei palavras afetuosas. Antes de tudo tentei eliminar nela o medo. Disse que ainda não tínhamos certeza de nada e que não dava para se entregar ao desespero antes do exame. E, na verdade, mesmo depois do exame não havia lugar para desespero: falei sobre o sucesso com que tratávamos essa doença pérfida, a sífilis.

— Patife, patife — gritou a jovem mulher, e engasgou-se com as lágrimas.

— Patife, sim — ecoei.

Então, por bastante tempo, ficamos xingando o "adorado esposo" que tinha passado um tempinho em casa e partira para a cidade de Moscou.

Enfim o rosto da mulher começou a secar, restaram apenas as manchas e as pálpebras pesadamente intumescidas sobre os olhos negros, desesperados.

— O que vou fazer? Tenho dois filhos — ela falou, com uma voz seca e agoniada.

— Espere, espere — balbuciei —, já ficará claro o que fazer.

Chamei a parteira Pelagueia Ivánovna e fomos os três juntos para uma enfermaria à parte, onde havia uma poltrona ginecológica.

— Ah, que canalha, um canalha mesmo — sibilava Pelagueia Ivánovna, entre os dentes. A mulher estava em silêncio, seus olhos eram como duas covinhas negras; ela olhava atentamente pela janela, para o crepúsculo.

Esse também foi um dos exames mais cautelosos da minha vida. Eu e Pelagueia Ivánovna não deixamos passar nem um palmo do corpo. E não achei nada de suspeito em parte alguma.

— Sabe o que mais? — eu disse, e desejava de todo o coração que a minha esperança não estivesse me enganando, e que a terrível ferida dura inicial não aparecesse em ponto algum no futuro —, sabe o quê?... Basta de se afligir! Há uma esperança. Uma esperança. É verdade que tudo ainda pode acontecer depois, mas por enquanto você não tem nada.

— Não?! — a mulher perguntou, roufenha. — Não? — faíscas apareceram em seus olhos e uma cor rosa tocou-lhe as maçãs do rosto. — E se ainda for aparecer?... Hein?...

— Eu mesmo não compreendo — eu disse a Pelagueia

Exantema estrelado

Ivánovna —, julgando pelo que me contou, ela devia estar contaminada, só que não há nada.

— Não há nada — ecoou Pelagueia Ivánovna.

Ainda trocamos sussurros com a mulher por alguns minutos sobre diversos prazos, diversos assuntos íntimos, e ela recebeu de mim a instrução de continuar vindo ao hospital.

Então olhei para a mulher e vi uma pessoa partida ao meio. A esperança se insinuara nela, depois morrera imediatamente. Ela voltou a chorar mais um pouco e foi embora como uma sombra escura. Dali em diante uma espada pendia sobre aquela mulher. Todo sábado ela aparecia silenciosamente no meu ambulatório. Emagreceu muito e se tornou macilenta, as maçãs do rosto ficaram mais pronunciadas, os olhos afundaram e cercaram-se de olheiras. O pensamento compenetrado puxou os cantos dos seus lábios para baixo. Ela desenrolava o lenço da cabeça com um gesto habituado, e então íamos os três para a enfermaria. Examinávamos a mulher.

Passaram-se os primeiros três sábados, e de novo não encontramos nada nela. Então ela começou a se recuperar aos poucos. Um brilho vivaz nascia-lhe nos olhos, o rosto se reanimava, desfazia-se sua expressão franzida. Nossas chances cresciam. O perigo se dissipava. No quarto sábado, eu já falava com convicção. Noventa por cento do que ficara para trás apontava para uma conclusão feliz. O famoso prazo de vinte e um dias já tinha passado havia muito. Restavam os imprevistos remotamente prováveis em que a ferida se desenvolve com enorme atraso. Passaram, enfim, também esses prazos, e certo dia, largando na bacia o espelho resplandecente, apalpei as glândulas pela última vez e disse à mulher:

— A senhora está fora de qualquer perigo. Não precisa vir mais. Esse foi um caso de sorte.

— Não vai acontecer nada?! — a mulher perguntou, com uma voz inesquecível.

— Nada.

Não tenho habilidade suficiente para descrever seu rosto. Lembro apenas de como ela fez uma reverência, dobrando-se ao meio, e desapareceu.

A propósito, ela apareceu mais uma vez. Em seus braços havia um embrulho: duas libras de manteiga e duas dezenas de ovos. E, após um embate terrível, não fiquei nem com a manteiga, nem com os ovos. E me orgulhei muito disso, devido à minha juventude. Mas, posteriormente, quando acabei passando fome nos anos da Revolução, não foi uma vez só que me lembrei do lampião de querosene, dos olhos negros e daquele pedaço de manteiga com as marcas dos dedos, transudando gotículas como orvalho.

Por que foi que agora, que já se passaram tantos anos, me lembrei dela, condenada a quatro meses de medo? Não foi por acaso. Essa mulher foi minha segunda paciente nessa área, à qual posteriormente dediquei meus melhores anos. O primeiro foi aquele com o exantema estrelado no peito. Pois bem, ela foi a segunda e também uma exceção: ela teve medo. A única, na minha memória, que levou a sério o trabalho iluminado pelo lampião a querosene de nós quatro (Pelagueia Ivánovna, Anna Nikoláievna, Demián Lukitch e eu).

Naquele tempo, enquanto decorriam os torturantes sábados daquela mulher, como que na expectativa de um suplício, foi que eu comecei a procurar por "ela", a doença. As noites de outono eram longas. No apartamento do médico as estufas eram bem quentes. Fazia silêncio, e me parecia que eu estava sozinho no mundo inteiro com o meu lampião. Em algum lugar a vida seguia arrebatadamente, mas nas minhas janelas a chuva batia, tamborilava, caindo inclinada, e mais tarde se transformou imperceptivelmente numa neve silenciosa. Passei longas horas sentado lendo os velhos livros ambulatoriais, dos cinco anos anteriores. Milhares e dezenas de milhares de nomes de pessoas e povoados desfilaram diante

Exantema estrelado

de mim. Nessas colunas de pessoas eu a procurei, e encontrei com frequência. Surgiam anotações triviais, monótonas: "Bronchitis", "Laryngitis"... e muitas outras... Mas lá estava ela! "Lues III." E, ao lado, na caligrafia espaçada de uma mão experiente, vinha escrito:

"Rp. Ung. hydrarg. ciner., 3,0 D. t. d..."

Lá estava ele, o "unguento preto".

E outra vez. Mais uma vez dançam perante os olhos bronquites e catarros e de repente interrompem-se... Outra vez "Lues"...

Mais que qualquer outra coisa, havia anotações precisamente sobre a lues secundária.

Com menos frequência se dava de cara com a terciária. E então o iodeto de potássio ocupava amplamente a coluna "medicação".

Quanto mais eu lia os velhos in-fólios ambulatoriais cheirando a mofo, esquecidos no sótão, mais luz se derramava em minha cabeça inexperiente. Comecei a entender coisas escabrosas.

Com licença, onde é que estão as anotações sobre a ferida primária? Era algo que não se via. Entre milhares e milhares de nomes, raramente havia uma lá, outra aqui. Mas sobre a sífilis secundária havia fileiras intermináveis. O que é que isso quer dizer? Eis o que quer dizer...

— Quer dizer... — disse eu, na penumbra, para mim mesmo e para os ratos que roíam as velhas lombadas dos livros nas prateleiras do armário —, quer dizer que aqui não têm noção do que é a sífilis e essa ferida não assusta ninguém. Sim, senhor. E depois ela pega e sara. Fica uma cicatriz... assim e assim, e mais nada? Não, nada mais! Mas nisso se desenvolve a sífilis secundária, mais conturbada. Quando a garganta dói e no corpo aparecem pápulas supuradas, então Semion Khótov, 32 anos, vai ao hospital, e lhe dão unguento cinza... Aham!...

Um círculo de luz se instalou sobre a mesa, e a mulher de chocolate deitada no fundo do cinzeiro desapareceu sob uma pilha de pontas de cigarro.

— Vou encontrar esse Semion Khótov. Hm...

Farfalhavam, levemente tocadas por uma putrefação amarelada, as folhas ambulatoriais. Em 17 de junho de 1916, Semion Khótov recebeu seis pacotinhos de unguento curativo de mercúrio, inventado muito tempo atrás para a salvação de Semion Khótov. Sei que meu predecessor disse a Semion, ao lhe confiar o unguento:

— Semion, quando você tiver passado todos os seis pacotes, lave-se, e volte aqui. Está ouvindo, Semion?

Semion, é claro, curvou-se e agradeceu com uma voz roufenha. Vamos ver: dentro de dez ou doze diazinhos, Semion deve inevitavelmente aparecer no livro. Vejamos, vejamos... Fumaça, as folhas farfalham. Oh, não, nada de Semion! Nem em dez dias, nem em vinte... Ele não apareceu em absoluto. Ah, pobre Semion Khótov. Por conseguinte, desapareceu o exantema marmóreo, como as estrelas, que se apagam ao alvorecer, secaram as verrugas genitais. E vai morrer, palavra, vai morrer o Semion. Eu provavelmente ainda verei esse Semion aparecer com lesões gomosas no consultório. Será que a cartilagem do nariz está inteira? E suas pupilas, estarão idênticas?... Pobre Semion!

Mas eis que chega não o Semion, mas Ivan Kárpov. Nada de intrincado. Por que Ivan Kárpov não adoeceria? Sim, mas, um momento, por que lhe prescreveram cloreto de mercúrio com doce de leite, em dose tão pequena?! Eis por que: Ivan Kárpov tem dois anos de idade! E tem "Lues II"! Que dois duplo mais fatal! Trouxeram Ivan Kárpov todo coberto de exantema estrelado; nos braços da mãe, ele se desviava ao toque das mãos tenazes do médico. Entendi tudo.

Exantema estrelado

"Sei, posso adivinhar", compreendi, "onde estava, num menininho de dois anos, a ferida primária, sem a qual não acontece nada de secundário. Estava na boca. Ele foi contaminado pela colher."

Ensina-me, fim de mundo! Ensina-me, silêncio da casa rural! Sim, um velho livro ambulatorial conta muita coisa interessante a um jovem médico.

Acima de Ivan Kárpov estava escrito:

"Avdótia Kárpova, 30 anos."

Quem é ela? Ah, entendi. Essa é a mãe de Ivan. Era nos braços dela que ele chorava.

E abaixo de Ivan Kárpov:

"Mária Kárpova, 6 anos."

— E essa, quem é? A irmã! Cloreto de mercúrio...

Uma família, é evidente. Uma família. E só falta nela uma pessoa, um Kárpov, de 35, 40 anos... E não se sabe como ele se chama — Sídor, Piotr. Oh, isso não é importante!

"... adorada esposa... uma doença feia, a sífilis..."

Aqui está o documento. Uma luz para a mente. Sim, provavelmente veio do maldito front e não "se abriu", e talvez nem soubesse que precisava se abrir. Foi embora. E aqui, aconteceu. Depois de Avdótia, Mária. E depois de Mária, Ivan. Uma tigela compartilhada com *schi*,[20] o lençol...

Eis mais uma família. E mais uma. Ali tem um velhinho, 70 anos. "Lues II." Um velhinho. De que você tem culpa? De

---

[20] Sopa de repolho, tradicional da culinária russa. (N. da T.)

nada. Da tigela compartilhada. Transmissão não sexual. A luz está clara. Clara e esbranquiçada como um amanhecer no começo de dezembro. Com que então gastei toda a minha noite solitária, debruçado sobre anotações ambulatoriais e incríveis manuais alemães com vívidas ilustrações!

Indo para o quarto, bocejei e balbuciei:

— Lutarei contra "ela".

Para lutar, era preciso vê-la. E ela não se demorou. A estrada para os trenós assentou-se, e aconteceu que vieram cem pessoas para consulta em um único dia. O dia começou branco turvo e terminou com uma treva negra do outro lado das janelas, para a qual os últimos trenós partiam enigmaticamente, com um ruído baixo.

Ela surgia diante de mim traiçoeira e vária. Ora aparecia em forma de feridas esbranquiçadas na garganta de uma menina adolescente. Ora feito pernas finas e tortas. Ora como chagas socavadas e flácidas nas pernas amarelas de uma velha. Ora no aspecto de pápulas supuradas no corpo de uma mulher viçosa. Às vezes ela ocupava orgulhosamente a testa com uma *corona veneris* em forma de meia-lua. Aparecia como um castigo pela ignorância dos pais, refletido nas crianças com narizes parecidos com selas cossacas. Mas, além disso, ela passava despercebida até por mim. Ah, afinal, eu tinha acabado de sair das carteiras escolares!

E concluía tudo sozinho, da minha própria cabeça. A sífilis se ocultava em algum lugar nos ossos e no cérebro.

Descobri muita coisa.

— Foi esfoliação que me mandaram fazer na época.

— Com unguento negro?

— Com unguento negro, paizinho, negro mesmo...

— Cruzada? Hoje um braço, amanhã uma perna?...

— Bem assim. E como é que você sabe, meu bom homem? — com lisonja.

Exantema estrelado

"Como não saber? Ah, como não saber... Lá está ela, a goma!"

— Teve alguma doença feia?

— Até parece! Na minha família nunca nem se ouviu disso.

— Uhum... Esteve doente da garganta?

— Da garganta? Sim, isso estive. Ano passado.

— Uhum... E o Leônti Leôntievitch[21] deu um unguento?

— Isso mesmo! Preto como uma bota.

— Você passou o unguento bem mal, titio. Bem mal!...

Esbanjei inúmeros quilos de unguento cinzento. Prescrevi muito, muito iodeto de potássio e vomitei muitas palavras fervorosas. Consegui trazer alguns de volta após as primeiras seis aplicações. Consegui fazer com que uns poucos passassem ao menos pelos primeiros tratamentos de injeção, embora a maior parte deles não completasse. Mas a maioria escorreu-me por entre os dedos, como areia nas ampulhetas, e eu não tinha como sair para procurá-los na escuridão coberta de neve. Ah, firmei a convicção de que aqui a sífilis era assustadora justamente porque não a temiam. Eis por que no começo destas minhas recordações eu evoquei aquela mulher de olhos negros. Lembrei-me dela com uma espécie de respeito caloroso justamente pelo seu receio. Mas ela foi a única!

Amadureci, tornei-me compenetrado, por vezes carrancudo. Sonhava com o dia em que acabaria o meu prazo de serviço e eu voltaria para a cidade universitária, e lá a minha luta ficaria mais fácil.

Num desses dias sombrios, uma mulher jovem e muito bonita entrou no ambulatório para uma consulta. Ela trazia

---

[21] Nos demais contos, o personagem se chama Leopold Leopôldovitch. (N. da T.).

um bebê agasalhado nos braços, e duas crianças, manquejando e se atrapalhando com suas botas de feltro de tamanho inadequado, apareceram atrás dela, segurando-se na saia azul escura que saía de baixo do casaco de peles curto.

— Essas manchas atacaram as crianças — disse a mulherzinha de bochechas vermelhas, com ar importante.

Toquei com cuidado a testa da menininha que se segurava na saia. E ela desapareceu entre as dobras do pano, sem deixar rastro. Do outro lado pesquei o Vanka, de cara extraordinariamente rechonchuda. Toquei-o também. E as testas de ambos estavam em temperatura normal.

— Descubra o bebê, querida.

E ela descobriu uma menininha. O corpinho desnudo estava todo salpintado, como um céu gelado numa noite de geada. A roséola e as pápulas supuradas tinham se instalado em manchas dos pés à cabeça. Vanka tentava escapar e uivava. Demián Lukitch veio me ajudar...

— Será que é um resfriado? — disse a mãe, com um olhar plácido.

— Ê, resfriado! — resmungou Lukitch, e entortou a cabeça com pena e nojo. — A província de Korobov inteira está resfriada assim.

— Mas de onde vem isso, então? — a mãe perguntou, enquanto eu examinava seus flancos e peito manchados.

— Vista-se — eu disse.

Então sentei-me à mesa, apoiei a cabeça numa mão e bocejei (ela era uma das últimas que eu atendia naquele dia, seu número era o 98). Depois, comecei a falar:

— Você, titia, e também os seus filhos estão com uma "doença feia". Uma doença perigosa, assustadora. Vocês precisam começar o tratamento imediatamente, e se tratar por muito tempo.

Pena que é tão difícil retratar a incredulidade nos olhos azuis-claros salientes da mulher. Ela girou o bebê como uma

Exantema estrelado

acha de lenha nos braços, deu uma olhada nas perninhas, de um jeito atoleimado, e perguntou:

— *Daonde* isso?

Depois deu um sorriso torto.

— De onde não importa — respondi, acendendo o quinquagésimo cigarro naquele dia —, melhor perguntar outra coisa: o que vai acontecer com os seus filhos se você não tratar.

— O quê, então? *Num* vai dar nada — ela respondeu, e começou a enfiar o bebê no cueiro.

Havia, diante dos meus olhos, um relógio sobre uma mesinha. Segundo me lembro, eu estava falando havia apenas três minutos quando a mulher começou a soluçar. E me alegrei muito com essas lágrimas, porque só graças a elas, provocadas por minhas palavras propositadamente duras e assustadoras, se fez possível a parte seguinte da conversa:

— Pois bem, eles ficam. Demián Lukitch, acomode-os na ala dos fundos. Dos pacientes de tifo cuidaremos na segunda enfermaria. Amanhã irei à cidade e conseguirei permissão para abrir uma ala fixa para os sifilíticos.

Um grande interesse chamejou nos olhos do enfermeiro.

— Que isso, doutor? — ele respondeu (era um grande cético). — Como é que vamos nos virar sozinhos? E os preparados? Não há enfermeiras sobressalentes... E quem vai cozinhar?... E a louça? As seringas?!

Mas eu sacudi a cabeça teimosamente, sem escutar, e respondi:

— Vou conseguir.

Passou-se um mês... Nos três cômodos da ala coberta pela neve ardiam lâmpadas com abajures de lata. A roupa de cama sobre os leitos era rota. Havia, ao todo, duas seringas. Uma pequena, de um grama, e outra, de cinco gramas, tipo "Luer". Numa palavra, era uma pobreza digna de pena e coberta de neve. Mas jaziam orgulhosamente à parte as seringas com as quais eu, gelando por dentro, de medo, já aplicara algumas vezes as enigmáticas, complicadas e ainda novas para mim injeções de Salvarsan.[22]

E mais: minha alma estava muito mais tranquila, pois na ala estavam instalados sete homens e cinco mulheres, e a cada dia desvanecia aos meus olhos o exantema estrelado.

Era noite. Demián Lukitch segurava uma pequena lanterna e iluminava o tímido Vanka. A boca dele estava lambuzada de mingau de semolina. Mas já não havia mais estrelinhas no seu corpo. E assim todos os quatro passaram pelo foco da lanterna, afagando a minha consciência.

— *Já de amanhã*, decerto, eu ganho alta, né — disse a mãe, endireitando a blusa.

— Não, ainda não dá — respondi —, é preciso aguentar mais uma fase do tratamento.

— Não tem minha concordância — ela respondeu —, *tá* cheio de coisa pra fazer em casa. Obrigada pela ajuda, mas dê alta amanhã. Já estamos saudáveis.

A conversa inflamou-se como uma fogueira. Terminou assim:

— Você... sabe, você... — comecei a falar, e senti que enrubescia — sabe... você é uma idiota!...

— Por que é que você está xingando? Que usos são esses de xingar as pessoas?

— Será que é preciso te xingar de "idiota"? Não de idiota, mas... Ah!... Olhe para o Vanka! Você quer matá-lo ou o quê? Ora, isso eu não vou permitir!

E ela ficou por mais dez dias.

---

[22] Ou Arsfenamina, composto químico à base de arsênico desenvolvido pelo bacteriologista alemão Paul Ehrlich na década de 1910. Foi usado no tratamento da sífilis até a descoberta da penicilina. (N. da T.)

Exantema estrelado

Dez dias! Ninguém a reteria além disso. Garanto-lhes. Mas, acreditem, minha consciência estava tranquila e nem mesmo o "idiota" me inquietava. Não me arrependo. O que é uma injúria em comparação com o exantema estrelado?

Pois bem, passaram-se os anos. Há muito o destino e os anos tempestuosos me separaram da ala coberta de neve. O que haverá lá agora, e quem? Acredito que deve estar melhor. O prédio caiado, talvez, e lençóis novos. Eletricidade, é claro que não há. É possível que, agora mesmo, enquanto escrevo estas linhas, alguém esteja inclinando sua cabeça jovem sobre o peito de um paciente. O lampião lançando uma luz amarelada sobre a pele amarelada...

Saudações, meu camarada!

MORFINA

CAPÍTULO 1

Já foi observado há muito tempo por pessoas inteligentes que a felicidade é como a saúde: quando ela está na sua cara, você não a nota. Mas quando os anos passam, como você se lembra da felicidade, ah, como se lembra!

No que me diz respeito, eu, como agora ficou claro, fui feliz no inverno de 1917. Ano inesquecível, impetuoso, cheio de tempestades de neve.

A tempestade que se iniciava me agarrou como um pedaço de jornal rasgado e transportou-me do meu posto ermo para a capital da província. Grande coisa, você vai pensar, uma capital de província? Mas alguém que, assim como eu, tenha passado um ano e meio rodeado de neve no inverno e de florestas austeras e pobres no verão, sem se ausentar por um único dia; alguém que tenha rasgado o invólucro do jornal da semana anterior com o coração pulsando tanto quanto o de um feliz apaixonado ao rasgar o envelope de uma carta de amor; alguém que já tenha percorrido dezoito verstas num trenó com animais atrelados em fila indiana para fazer um parto — essa pessoa, quero crer, me entenderá.

O lampião a querosene é muito aconchegante, mas sou a favor da eletricidade!

E eis que eu as vi de novo, finalmente, as sedutoras lampadazinhas elétricas e a rua principal da cidadezinha, bem aplainada pelos trenós dos camponeses, a rua na qual, encantando o olhar, pendiam uma tabuleta com um desenho de

Morfina

127

botas, uma rosca dourada e a figura de um rapaz de olhinhos suínos e insolentes com um penteado absolutamente antinatural, denotando que atrás das portas de vidro estava instalado o Basílio[1] local, o qual te receberia para fazer a barba por trinta copeques a qualquer hora, com exceção dos feriados, abundantes na minha pátria.

Até hoje me recordo com um tremor das toalhinhas do Basílio, toalhinhas que te faziam prefigurar insistentemente aquela página do manual alemão sobre doenças de pele, na qual um cancro duro está representado com clareza convincente no queixo de um cidadão qualquer.

Mas nem essas toalhinhas ensombrecem minhas recordações!

Havia um policial animado postado no cruzamento, numa vitrine cheia de pó viam-se vagamente bandejas de ferro com fileiras estreitas de tortinhas de creme vermelho, o feno cobria a praça, carros trafegavam, pessoas andavam, conversavam, na banca vendiam jornais moscovitas do dia anterior, que continham notícias estupendas, e, não muito longe, os trens de Moscou assobiavam, chamando os passageiros. Em uma palavra, era a civilização, a Babilônia, a Avenida Niévski.[2]

Sobre o hospital nem preciso dizer nada. Nele havia um setor cirúrgico, um terapêutico, outro de isolamento e um obstétrico. Havia uma sala de operação no hospital, onde uma autoclave reluzia, as pias tinham um brilho prateado, as mesas exibiam suas engenhosas garras, dentes e parafusos. No hospital, havia um médico-chefe e três residentes (além

---

[1] Alusão ao personagem de *As Bodas de Fígaro*, ópera de Mozart. O autor possivelmente confundiu-o com o próprio Fígaro, protagonista da peça, que é barbeiro. (N. da T.)

[2] Principal avenida do centro de São Petersburgo, capital do Império Russo até março de 1918. (N. da T.)

Mikhail Bulgákov

de mim). Enfermeiros, parteiras, auxiliares de enfermagem, uma farmácia e um laboratório. Um laboratório, veja só!, com um microscópio Zeiss e um belo estoque de corantes.

Eu estremecia e sentia-me esfriar, as impressões me esmagavam. Passaram-se vários dias até eu me acostumar com o fato de que, nos crepúsculos de dezembro, os prédios térreos do hospital se iluminavam com luz elétrica, como se obedecessem a um comando.

Essa luz me cegava. Nas banheiras, a água se agitava ao subir, e rugia, e termômetros enodoados de madeira mergulhavam e nadavam nelas. Na seção infantil de isolamento, gemidos irrompiam o dia todo, ouviam-se choros finos e lastimosos, gorgolejos enrouquecidos...

Auxiliares de enfermagem corriam, se apressavam...

Um fardo pesado escorregou da minha alma. Eu não trazia mais sobre mim a funesta responsabilidade pelo que quer que acontecesse no mundo. Não era culpado da hérnia estrangulada e não estremecia quando um trenó chegava trazendo uma mulher com situação transversa; não me diziam respeito as pleurites purulentas que requeriam operação. Pela primeira vez, eu me sentia uma pessoa cujo volume de responsabilidade tem limites. Partos? Por ali, por favor, para o prédio mais baixo, lá, na última janela, coberta com gaze branca. Lá há um médico obstetra, simpático e gordo, com bigodes ruivos e meio careca. Isso aí é com ele. Trenó, vire-se em direção à janela com gaze! Fratura com complicação? Vá ao cirurgião principal. Pneumonia? Para o departamento terapêutico, com o Pável Vladímirovitch.

Oh, a majestosa máquina, untada com precisão, de um hospital grande em marcha bem organizada! Como um parafuso novo, feito sob medida, eu também entrei no aparato, recebendo o departamento infantil. A difteria e a escarlatina me engoliram, tomaram os meus dias. Mas só os dias. Eu comecei a dormir de noite, porque não se ouvia mais sob as minhas janelas a sinistra batida noturna que podia me levantar e arrastar para as trevas, ao encontro do perigo e da fatalidade. Nos serões, comecei a ler (antes de mais nada sobre difteria e escarlatina, claro, e depois, por um motivo qualquer e com um estranho interesse, Fenimore Cooper) e pude apreciar por completo a lâmpada sobre a mesa, as brasas cinzentas no suporte do samovar, o chá a esfriar, e o sono, após um ano e meio de insônia...

Eu era feliz assim no inverno de 1917, após obter minha transferência do posto ermo e rico em tempestades de neve para a capital da província.

CAPÍTULO 2

Passou-se um mês, a toda velocidade, e atrás dele o segundo e o terceiro, o ano de 1917 ficou para atrás, e fevereiro do ano de 1918 chegou voando. Eu estava acostumado à minha nova posição e pouco a pouco comecei a me esquecer do meu posto longínquo. Apagou-se da minha memória a lâmpada verde com querosene sibilante, a solidão, os amontoados de neve... Ingrato! Eu me esqueci do meu posto de guerra, onde eu, sozinho e sem qualquer apoio, lutava com as doenças, safando-me das situações mais singulares com minhas próprias forças, como o herói de Fenimore Cooper.

É verdade que, ocasionalmente, quando eu me deitava na cama com o agradável pensamento de que adormeceria imediatamente, alguns fragmentos passavam depressa pela consciência que já se obscurecia. A luzinha verde, o lampião piscando... o rangido do trenó... um gemido curto, depois a escuridão, o uivo selvagem da nevasca nos campos... Depois tudo isso dava uma cambalhota para o lado e desaparecia...

"Queria saber: quem será que está lá no meu lugar? Alguém certamente está... Um médico jovem como eu... Bem, fazer o quê, eu já servi o meu tempo. Fevereiro, março, abril... bem e, digamos, maio, e adeus ao meu estágio. Quer dizer que no fim de maio eu me separarei da minha esplêndida cidadezinha e voltarei a Moscou. E, se a revolução me apanhar nas suas asas, talvez seja preciso passar mais um tempinho na estrada... mas em todo caso, meu antigo posto eu nunca

Morfina

131

mais verei na vida... Nunca... a capital... a clínica... asfalto, luzes..."

Assim pensava eu.

"... Mas, apesar de tudo, foi bom ter passado um tempo naquele posto... Tornei-me um homem intrépido... Não tenho medo... O que foi que eu ainda não tratei?! Para valer? Ahn?... Não tratei doenças psíquicas... De fato... Não mesmo. Deixa eu ver... Mas o engenheiro-agrônomo se embebedou para morrer... E eu o tratei, e com pouco êxito... *Delirium tremens*... O que falta para ser considerado uma doença psíquica? Seria bom ler um pouquinho de psiquiatria... Deixa pra lá. Algum dia, no futuro, em Moscou... E agora, em primeiro lugar, doenças infantis... e mais doenças infantis... em especial esse exaustivo receituário infantil... Pff, droga... Se a criança tem dez anos, então, digamos, quanto de piramido se pode dar para ela na consulta? 0,1 ou 0,15?... Esqueci. E se tiver três anos?... Só doenças infantis... e nada mais... Chega de casualidades assombrosas! Adeus, meu antigo posto!... E por que esse posto se enfiou tão insistentemente na minha cabeça esta noite? O lume verde... Se eu ajustei as contas com ele para a vida inteira... Bem, já chega... Vou dormir."

* * *

— Chegou uma carta. Trouxeram assim que deu.

— Dê-me aqui.

Uma auxiliar de enfermagem estava parada na minha antessala. Vestia um casaco com a gola descascando por cima do jaleco branco com um emblema. Um pouco de neve derretia sobre o envelope barato azul-escuro.

— É você que está de plantão no consultório hoje? — perguntei, bocejando.

— Sou eu.

— Não tem ninguém lá?

— Não, está vazio.

— *Che...* — (um bocejo me escancarou a boca e, por causa disso, pronunciei as palavras desleixadamente) — *troucherem* alguém... *vochê* me chama aqui... Vou deitar para dormir.

— Tudo bem. Posso ir?

— Sim, sim. Vá.

Ela saiu. A porta rangeu, e eu fui para o quarto arrastando os chinelos, despedaçando o envelope com os dedos de um jeito feio e torto, no caminho.

Dentro dele havia uma folha de receituário alongada e amarrotada com o carimbo azul do meu posto, do meu hospital... Folha inesquecível...

Eu sorri.

"Que interessante... a noite inteira pensei no posto, e eis que ele mesmo aparece para se fazer lembrar... um pressentimento."

Sob o carimbo fora traçada uma receita com lápis-tinta.[3] Palavras em latim, indistintas, borradas...

— Não estou entendendo nada... Receita confusa... — resmunguei, e cravei os olhos na palavra *morphini*... "Mas o que há de extraordinário nessa receita?... Ah, sim... uma solução de 4%! Quem raios prescreve uma solução de 4% de morfina?... Para quê?!"

Eu virei a folhinha e meu bocejo foi-se embora. No verso da folha estava escrito a tinta, numa caligrafia desbotada e espaçada:

"11 de fevereiro de 1918. Meu caro *collega*![4]

---

[3] Em russo *khimítcheskii karandash* (lápis químico): lápis de tinta indelével, muito utilizado para cópia de documentos antes do advento da caneta esferográfica. (N. da T.)

[4] Em latim no original: "parceiro", "colega". (N. da T.)

Morfina

Desculpe-me por estar escrevendo num farrapo. Não há papel ao meu alcance. Adoeci penosamente e estou muito mal. Ninguém pode me ajudar e, na verdade, eu não quero procurar a ajuda de ninguém, a não ser a sua.

Já é o segundo mês que passo em seu antigo posto, sei que o senhor está na cidade e relativamente perto de mim.

Em nome de nossa amizade e dos anos de faculdade, rogo-lhe que venha até mim o mais rápido possível. Pelo menos por um dia. Pelo menos por uma hora. E se o senhor disser que estou desenganado, acreditarei... Mas talvez dê para salvar?... Sim, talvez ainda dê para salvar... Será que a esperança brilha para mim? Rogo que não comunique a ninguém o conteúdo desta carta."

— Mária! Vá agora mesmo ao consultório e chame para mim a auxiliar de enfermagem de plantão... Como ela se chama?... Bem, esqueci... Enfim, a plantonista que acabou de me trazer uma carta. Rápido, rápido!

— É pra já.

Em alguns minutos, a enfermeira estava diante de mim, a neve derretia na gata escalvada de que tinha sido feita a gola do seu casaco.

— Quem trouxe a carta?

— Não conheço. Um barbudo. É da cooperativa. Disse que já estava vindo para a cidade.

— Hm... bem, pode ir. Não, espere um pouquinho. Eu já vou escrever aqui um bilhete para o médico-chefe, leve-o, por favor, e me traga a resposta.

— Tudo bem.

Meu bilhete para o médico-chefe:

"13 de fevereiro de 1918.

Prezado Pável Illariónovitch. Acabo de receber uma carta do meu companheiro de universidade, doutor Poliakov. Ele está em Gorielovo, meu antigo posto, em completa solidão. Adoeceu, ao que parece, gravemente. Considero meu dever ir visitá-lo. Se o senhor permitir, amanhã entregarei o departamento por um dia ao doutor Rodovitch e irei ver Poliakov. O homem está desamparado.

Respeitosamente, Dr. Bomgard"

O bilhete de resposta do médico-chefe:

"Prezado Vladímir Mikháilovitch, pois vá.

Petrov"

Passei a noite debruçado sobre o guia das estradas de ferro. Era possível chegar em Gorielovo da seguinte maneira: sair amanhã, às duas da tarde, com o trem postal de Moscou, percorrer trinta verstas pela estrada de ferro, saltar na estação N. e dali partir de trenó por mais vinte e duas verstas até o hospital de Gorielovo.

"Com sorte chegarei amanhã à noite", pensei, deitando-me na cama. "Do que ele terá adoecido? Tifo, pneumonia? Nem um, nem outro... Nesse caso, teria escrito simplesmente: 'Peguei pneumonia'. Mas essa é uma carta confusa, com um quê de dissimulado... 'Adoeci penosamente e estou muito mal...' De quê? Sífilis? Sim, sem dúvida, sífilis. Ele está aterrorizado... esconde... receia... Mas com que cavalos, eu gostaria de saber, irei da estação até Gorielovo? Seria muito azar chegar na estação ao pôr do sol e não ter condução para terminar a viagem... Ora, não. Darei um jeito. Pego cavalos com alguém na estação. Mandar um telegrama, para que ele envie cavalos? Seria inútil. O telegrama chegará um dia depois de mim... Afinal, o bilhete não vai voando até Gorielovo pelo ar. Vai ficar na estação até que surja uma oportunidade de o levarem. Conheço bem essa Gorielovo. Ô cafundó do Judas!"

A carta na folha de receituário jazia sobre o criado-mudo no círculo de luz gerado pela lâmpada, e ao lado estava o cinzeiro, meu companheiro de insônia irritante, com uma barba rala de pontas de cigarro. Eu me revirava sobre o lençol amarfanhado, e certo enfado nasceu-me na alma. A carta começou a me irritar.

"No fim das contas, se não é nada crítico, mas, digamos, sífilis, então por que raios ele mesmo não vem para cá? Por que eu é que tenho que atravessar a toda pressa a tempestade de neve para ir até ele? Por acaso vou curá-lo da lues em uma noite? Ou de um câncer no esôfago? Que câncer o quê! Ele é dois anos mais jovem que eu. Tem vinte e cinco anos... 'Penosamente...' Sarcoma? Carta disparatada, histérica. Uma carta que pode deixar o destinatário com enxaqueca... De fato, deixou. Já tenho um nervo tenso na têmpora... Amanhã, vai ver, acordo e a tensão começa a subir do nervo para o vértice do crânio, imobiliza metade da cabeça, e até a noite acabarei engolindo piramido com cafeína. Mas que piramido vai ter em um trenó? Será preciso pegar emprestado um casaco de peles com um enfermeiro para a viagem, ou acabarei congelando no meu paletó... O que há com ele? 'A esperança brilha...' Escrevem assim em romances, de modo algum em cartas sérias de médico!... Dormir, dormir... Não devo pensar mais nisso. Amanhã tudo se esclarecerá... Amanhã."

Girei o interruptor e instantaneamente a escuridão devorou o meu aposento. Dormir... O nervo dói... Mas não tenho o direito de me irritar com uma pessoa por causa de uma carta disparatada antes de saber qual é o problema. O homem está sofrendo, a seu modo, vai e escreve para o outro

assim. Ora, escreve do jeito que sabe, do jeito que entende...
e é indigno injuriá-lo sequer em pensamento por causa da enxaqueca e da preocupação. Talvez a carta não seja dissimulada nem romanesca. Eu não vejo o Seriójka Poliakov faz dois
anos, mas me lembro muito bem dele. Sempre foi uma pessoa muito sensata... Sim. Então lhe sobreveio algum tipo de
desgraça... E o meu nervo já está mais relaxado... Vê-se que
lá vem o sono. Qual é o mecanismo do sono?... Li no manual
de fisiologia... mas é uma história obscura... Não entendo o
que quer dizer o sono... como adormecem as células cere-
brais?! Não entendo, digo aqui em segredo. E, por algum motivo, estou certo de que o próprio autor do manual de fisiologia também não tinha muita certeza a esse respeito... Uma
teoria sustenta a outra... Lá está Seriójka Poliakov parado,
de blusão verde com botões dourados, debruçado sobre uma
mesa de zinco, e em cima da mesa há um cadáver...

Hm, sim... ah, é um sonho...

CAPÍTULO 3

Toc-toc... Bum, bum, bum... Aham... Quem é? Quem? O quê? Ah, estão batendo, ah, inferno, estão batendo... Onde estou? Quem sou eu? Qual é o problema? Sim, estou na minha cama... Por que raios estão me acordando? Eles têm esse direito, porque sou o plantonista. Acorde, doutor Bomgard. Lá foi a Mária patinhando abrir a porta. Que horas são? Meia-noite e meia... Madrugada. Então dormi apenas uma hora. Como está a enxaqueca? Presente. Ei-la!

Bateram baixinho na porta.

— O que houve?

Entreabri a porta para a sala de jantar. O rosto da auxiliar de enfermagem olhou-me da escuridão, e discerni de imediato que ele estava pálido, que os olhos estavam arregalados, alarmados.

— Quem trouxeram?

— O médico do posto de Gorielovo — a auxiliar de enfermagem respondeu, em voz alta e rouca —, ele tentou se matar com um tiro.

— Po-lia-kov? Não pode ser! Poliakov?

— Não sei o sobrenome.

— Faça o seguinte... Já estou indo, agorinha. E você, corra para o médico-chefe, acorde-o neste exato segundo. Diga que o estou chamando com urgência para o consultório.

A enfermeira foi correndo e a mancha branca sumiu de vista.

Dentro de dois minutos, a feroz, seca e pungente tempestade de neve açoitava-me as bochechas no terraço, soprava e levantava as abas do casaco, enregelava meu corpo assustado.

Nas janelas do consultório ardia uma luz branca e irrequieta. Em uma nuvem de neve no terraço de entrada, esbarrei com o médico-chefe, que se precipitava para o mesmo lugar que eu.

— Esse é o seu Poliakov? — perguntou o cirurgião, tossindo de leve.

— Não entendo nada. Obviamente é ele — respondi, e entramos apressadamente na recepção.

Uma mulher agasalhada se levantou de um banquinho em frente. Seus olhos familiares me lançaram um olhar choroso sob a borda do lenço pardo. Reconheci Mária Vlassiêvna, parteira de Gorielovo, minha fiel ajudante obstétrica no hospital de lá.

— Poliakov? — perguntei.

— Sim — respondeu Mária Vlassiêvna —, que horror, doutor, tremi o caminho inteiro, temendo que não chegássemos a tempo...

— Quando?

— Hoje de manhã, ao amanhecer — balbuciou Mária Vlassiêvna —, o guarda veio correndo, disse: "Um tiro no apartamento do doutor".

Sob a lâmpada, que espalhava uma luz desagradável e alarmante, jazia o doutor Poliakov, e assim que olhei para as solas das suas botas de feltro, inertes como pedra, meu coração se comprimiu, como de hábito.

Tinham tirado o chapéu dele, e os cabelos úmidos e grudentos estavam à vista. As minhas mãos, as mãos da auxiliar de enfermagem e as mãos de Mária Vlassiêvna começaram a percorrer o corpo de Poliakov com rapidez, e uma gaze branca com manchas vermelhas amareladas saiu de baixo do ca-

Morfina

saco dele. Seu peito subia e descia fracamente. Senti o pulso e tremi: o pulso desaparecia sob os meus dedos, arrastava-se e nivelava-se num fiozinho com pequenos nós, frequentes e pouco duradouros. A mão do cirurgião já alcançava o ombro do paciente, segurava-o entre os dedos para injetar cânfora naquele corpo pálido. Nesse momento, o ferido descolou os lábios, fazendo surgir neles uma listinha de sangue cor-de-rosa, mexeu levemente os lábios azuis, e articulou, seca e debilmente:

— Largue a cânfora. Para o inferno com ela.

— Silêncio — respondeu-lhe o cirurgião, e empurrou o óleo amarelo para dentro da pele.

— Suponho que tenha atingido o pericárdio — Mária Vlassiêvna sussurrou, agarrando-se tenazmente à extremidade da mesa, e começou a perscrutar as pálpebras do ferido, cujas beiradas não se distinguiam (os olhos estavam fechados). Sombras violeta, acinzentadas, como as do ocaso, foram colorindo cada vez mais vividamente as cavidades ao lado das narinas, e, nas sombras, brotava feito orvalho um suor miúdo, tal qual bolinhas de mercúrio.

— Revólver? — perguntou o cirurgião, sugando a bochecha.

— Uma Browning — balbuciou Mária Vlassiêvna.

— E-eh — fez o cirurgião de repente, como que com raiva e enfado, e, abanando a mão, foi embora.

Virei-me para ele assustado, sem entender. Mais alguém olhava por cima do meu ombro. Chegara outro médico.

De repente Poliakov mexeu a boca, torta como a de uma pessoa com sono que tenta espantar uma mosca pegajosa, e então seu maxilar inferior começou a se mover, como se ele estivesse se engasgando com uma bola e a quisesse engolir. Ah, esse é um movimento bem familiar para aqueles que já viram os terríveis ferimentos de revólver ou espingarda! Mária Vlassiêvna franziu o rosto numa careta mórbida e suspirou.

— O doutor Bomgard... — Poliakov disse, em tom quase inaudível.

— Estou aqui — sussurrei, e a minha voz ressoou, meiga, lá perto dos lábios dele.

— O caderno é para o senhor... — pronunciou Poliakov, rouco, e ainda mais fracamente.

Nesse momento ele abriu os olhos e os ergueu para o triste teto do consultório, que sumia nas sombras. As pupilas escuras começaram a se encher de uma espécie de luz que vinha de dentro dele, o branco dos olhos tornou-se meio fantasmagórico, azulado. Os olhos suspenderam-se lá no alto, depois ficaram opacos e perderam essa beleza efêmera.

O doutor Poliakov estava morto.

* * *

Madrugada. Perto do amanhecer. A lâmpada irradia uma forte claridade, porque a cidadezinha dorme e há bastante eletricidade disponível. Tudo está quieto, e o corpo de Poliakov está na capela. Madrugada.

Na mesa, diante dos meus olhos inflamados pela leitura, jazem abertos um envelope e uma folhinha. Nela está escrito:

"Meu caro camarada!

Não vou esperar o senhor. Desisti de me tratar. É irremediável. E também não quero mais me torturar. Já tive o bastante. Advirto aos demais. Cuidado com os cristais brancos, solvidos em 25 partes de água. Confiei demais neles, e eles me mataram. Dou-lhe o meu diário. O senhor sempre me pareceu uma pessoa curiosa e amante de documentos pessoais. Se lhe interessar, leia a história da minha doença. Adeus.

Seu S. Poliakov"

Um acréscimo fora feito em letras enormes:

"Peço que ninguém seja acusado da minha morte.
Médico Serguei Poliakov
13 de fevereiro de 1918"

Ao lado da carta de suicídio havia um caderno do tipo comum, com capa de oleado preta. A primeira metade das páginas fora arrancada. Na metade restante havia anotações curtas, de início a lápis ou a tinta, com uma caligrafia nítida e miúda, e no final do caderno, a lápis-tinta e lápis grosso vermelho, numa caligrafia negligente, saltada e com muitas palavras abreviadas.

CAPÍTULO 4

...7. 20 de janeiro[5]

... e muito feliz. E graças a Deus: quanto mais no meio do mato, melhor. Não posso ver gente, e aqui não verei ninguém além de doentes e camponeses. Mas será que eles não vão tocar de alguma forma na minha ferida? Os outros, a propósito, foram espalhados por postos rurais como o meu. Todos os da minha turma que não foram convocados para a guerra (os combatentes da tropa de reserva de segunda classe dos formandos de 1916) foram alojados nos *zemstvos*.[6] A propósito, ninguém se importa. Dos amigos, fiquei sabendo apenas sobre Ivânov e Bomgard. Ivânov escolheu a *gubiérnia* de Arkhangelsk (questão de gosto), e Bomgard, segundo disse a enfermeira, está em um posto ermo como o meu a três províncias de distância, em Gorielovo. Quis escrever-lhe, mas mudei de ideia. Não quero ver nem ouvir ninguém.

21 de janeiro

Tempestade de neve. Nada.

---

[5] Sem dúvida, ano de 1917 — Dr. Bomgard. (N. do A.)

[6] Sistema de administração regional autônoma que funcionou na Rússia entre 1864 e 1918. (N. da T.)

25 de janeiro

Que pôr do sol luminoso. Migraenin é um composto de antipirina, cafeína e ac cítrico.

Na forma em pó há 1,0... e pode 1,0?... Pode.

3 de fevereiro

Hoje recebi um jornal da semana passada. Não comecei a ler, mas não resisti, apesar de tudo, e olhei a seção de teatro. Na semana passada apresentaram a *Aída*.[7] Quer dizer que ela subiu no palco e cantou: "Meu querido amigo, venha até mim...".

A voz dela é extraordinária, e que coisa estranha que uma voz límpida e colossal tenha sido dada a uma alminha tão sombria...

(*Aqui há uma lacuna — foram arrancadas duas ou três páginas.*)

... claro que é indigno, doutor Poliakov. Sim, e é coisa de criança estúpida descarregar um monte de injúrias obscenas numa mulher só porque ela foi embora! Não quer viver junto, foi embora. E fim.

Tudo muito simples, em essência. Uma cantora de ópera amigou-se com um jovem médico, viveu junto um ano e foi embora.

Eu devia matá-la, por acaso? Devia? Ah, como tudo isso é estúpido, vão. Irremediável!

---

[7] Ópera de Verdi, de 1871. A história, passada no antigo Egito, traz um triângulo amoroso entre Aída, Radamés e Amneris. (N. da T.)

Não quero pensar. Não quero...

11 de fevereiro

Só há tempestades e mais tempestades de neve... estão me desgastando! Passo noites inteiras completamente sozinho. Acendo a lâmpada e fico aqui. De dia ainda vejo pessoas. Mas trabalho mecanicamente. Conformei-me com o trabalho. Não é tão horrível como eu pensava antes. Além disso, o hospital militar me ajudou muito. Apesar de tudo, não vim para cá completamente analfabeto.

Hoje fiz um parto com manobra de versão pela primeira vez.

Pois bem, há três pessoas enterradas sob a neve aqui: eu, a enfermeira-parteira Anna Kiríllovna e o enfermeiro. O enfermeiro é casado. Eles (o pessoal da enferm.) moram na casa dos fundos. E eu sozinho.

15 de fevereiro

Ontem à noite aconteceu uma coisa interessante. Eu estava indo dormir quando, de repente, sobrevieram-me dores na região do estômago. Mas que dores! Suor frio brotou-me na testa. Apesar de tudo, nossa medicina é uma ciência incerta, devo observar. De onde é que, numa pessoa que não tem absolutamente nenhuma doença do estômago ou do intestino (uma apend., p. ex.), que tem fígado e rins perfeitos, cujo intestino funciona em completa normalidade, podem surgir tais dores de madrugada, que o fazem rolar na cama?

Com um gemido, cheguei até a cozinha, onde pernoitam a cozinheira e seu marido, Vlás. Mandei Vlás buscar Anna Kiríllovna. Ela veio de madrugada à minha casa e foi obrigada a me injetar morfina. Disse que eu estava completamente esverdeado. Por quê?

Não gosto do nosso enfermeiro. É um misantropo, mas Anna Kiríllovna é uma pessoa muito amável e evoluída. Surpreende-me como uma mulher que não é velha consegue viver em completa solidão nesse túmulo de neve. Seu marido está em um cativeiro alemão.

Não posso deixar de render louvores ao homem que primeiro extraiu a morfina dos bulbos da papoula. Um verdadeiro benfeitor da humanidade. As dores cessaram sete minutos após a injeção. Interessante: as dores vinham numa onda cheia, sem fazer nenhuma pausa, de modo que eu estava positivamente sufocando, como se tivessem me cravado um ferro em brasa na barriga e o girassem. Uns quatro minutos depois da injeção comecei a distinguir a ondulação da dor:

Seria muito bom se o médico tivesse a possibilidade de testar muitos remédios em si mesmo. Sua compreensão da ação deles seria outra, completamente diferente. Depois da injeção, pela primeira vez nos últimos meses, dormi profundamente e bem — sem pensamentos sobre aquela que me foi infiel.

16 de fevereiro

Hoje Anna Kiríllovna inteirou-se, no consultório, de como eu me sentia, e disse que era a primeira vez que não me via carrancudo.

— Por acaso eu sou carrancudo?

— Muito — ela respondeu com convicção, e acrescentou que lhe impressiona como fico sempre em silêncio.

— Bem, eu sou assim.

Mas é mentira. Eu era um homem muito jovial até o meu drama familiar.

O crepúsculo chega cedo. Estou sozinho no apartamento. De noite veio uma dor, mas não era forte, como uma sombra da dor de ontem, em algum ponto da caixa torácica. Receando o retorno do acesso de ontem, eu mesmo injetei um centigrama na coxa.

A dor cessou quase instantaneamente. Que bom que Anna Kiríllovna deixou o frasquinho.

Dia 18

Quatro injeções não são um perigo.

25 de fevereiro

Que esquisitona essa Anna Kiríllovna! Como se eu não fosse um médico. Uma seringa e meia = 0,015 de *morph.*? Sim.

1º de março

Doutor Poliakov, tenha cuidado!
Besteira.

*

Entardecer

Mas olha que na última quinzena o meu pensamento não voltou nenhuma vez para a mulher que me enganou. A melodia de Amneris, sua personagem, me abandonou. Orgulho-me muito disso. Sou um homem.

Anna K. tornou-se minha amante. Não podia ser diferente, de jeito nenhum. Estamos presos em uma ilha deserta.

*

A neve mudou, ficou como que mais cinzenta. Já não há mais frentes frias torturantes, mas as nevascas se renovam de tempos em tempos...

No primeiro minuto sente-se um toque no pescoço. Esse toque fica mais quentinho e se espalha. No segundo minuto, subitamente, uma onda fria passa pelo epigástrio, e, em seguida, tem início um clarear extraordinário dos pensamentos e uma explosão de eficiência. Absolutamente todas as sensações desagradáveis cessam. É o ponto mais alto da manifestação da força espiritual do homem. E se eu não tivesse sido estragado por um ensino superior em medicina, diria que uma pessoa só pode trabalhar normalmente após uma injeção de morfina. De verdade: para que raios presta um ser humano, se a menor nevralgia pode fazê-lo cair do cavalo por completo!

*

Anna K. está com medo. Tranquilizei-a, dizendo que desde a infância eu me distinguia por uma força de vontade colossal.

2 de março

Ouve-se rumores de algo grandioso. Parece que derrubaram Nicolau II.

*

Deito-me para dormir muito cedo. Às nove horas. E durmo docemente.

10 de março

Está acontecendo uma revolução. Os dias ficaram mais longos, e o crepúsculo, como que um pouco mais azul-claro.

Sonhos assim ao amanhecer eu nunca tinha tido. São sonhos duplos.

Sendo que o mais importante deles, eu diria, era de vidro. Transparente.

Era assim: vejo uma lâmpada lugubremente acesa, dela chameja uma fita de fogo multicor. Amneris, balouçando como uma pluma verde, canta. Há uma orquestra, completamente extraterrena, extraordinariamente sonora. Pensando bem, não consigo transmitir em palavras. Em resumo, no sonho normal a música é silenciosa... (Normal? Ainda não decidi qual dos sonhos é mais normal! Aliás, estou brincando...) Silenciosa, mas no meu sonho ela soava totalmente celestial. E o principal é que posso atenuar a música ou torná-la mais potente, conforme a minha vontade. Lembro que em *Guerra e paz* há uma cena em que Pétia Rostov, em estado de sonolência, experimenta a mesma condição. Lev Tolstói é um escritor maravilhoso!

Agora, no tocante à transparência: pois bem, por entre as tintas cambiantes da *Aída*, aparecem, de maneira perfeitamente realista, a ponta da minha escrivaninha, visível pela porta do gabinete, a lâmpada, o chão lustroso, e se pode escutar passos nítidos pisando agradavelmente, como castanholas de som surdo, a abrir caminho entre a onda da orquestra do Teatro Bolshoi.

Quer dizer que são oito da manhã, é a Anna K., que vem me acordar e comunicar o que se passa no consultório.

Ela nem desconfia que não precisa me acordar, que eu ouço tudo e posso conversar com ela.

Fiz essa experiência ontem:

Anna — Serguei Vassílievitch...

Eu — Estou escutando... (em voz baixa, para a música: "Mais forte").

A música executa um acorde grandioso.

Ré sustenido...

Anna — Há vinte consultas marcadas.

Amneris — (*canta*)

Aliás, nem dá para transmitir isso no papel.

São danosos esses sonhos? Oh, não. Depois deles, eu me levanto forte e animado. E trabalho bem. Até me surgiu interesse, que antes eu não tinha. E seria quase impossível, todos os meus pensamentos concentravam-se na minha ex--mulher.

Mas agora estou calmo.

Estou calmo.

19 de março

De noite, tive uma briga com a Anna K.

— Não vou mais preparar a solução.

Comecei a tentar persuadi-la.

— Que bobeira, Annússia. Sou criança, por acaso?

— Não vou. Você vai morrer.

— Bem, como quiser. Entenda que estou com dor no peito!

— Trate-se.

— Onde?

— Saia de licença. Ninguém se trata com morfina. — Depois pensou e acrescentou: — Não consigo me perdoar por ter preparado para você aquele segundo frasco.

— E eu sou o quê, um morfinista, por acaso?

— Sim, você está virando um morfinista.

— Então você não vai preparar?

— Não.

Nesse momento, constatei em mim mesmo, pela primeira vez, a desagradável capacidade de me irritar e, principalmente, de gritar com as pessoas quando não estou com a razão.

Aliás, não foi de imediato. Fui para o quarto. Olhei. Mal havia umas gotas no fundinho do frasco. Colhi-as na seringa: só encheram um quarto dela. Lancei longe a seringa, por pouco não a quebrei, e me pus a tremer. Apanhei-a com cuidado, examinei: nem uma rachadura. Fiquei no quarto por volta de vinte minutos. Saí e Anna não estava lá.

Tinha ido embora.

*

Imagine, não suportei, fui atrás dela. Bati na casa dos fundos, na janela iluminada. Ela saiu para o terraço, agasalhando-se no lenço. A noite estava calminha, calminha. A neve era fofa. A primavera se demorava em algum ponto longínquo do céu.

— Anna Kiríllovna, faça o favor de me dar as chaves da farmácia.

Ela sussurrou:

— Não dou.

— Camarada, faça o favor, dê-me as chaves da farmácia. Falo-lhe como médico.

Vejo na penumbra que o rosto dela se transfigurou, embranqueceu muito, e os olhos afundaram, abateram-se, escureceram-se. E ela respondeu com uma voz que fez a compaixão se agitar na minha alma. Mas logo a raiva me cobriu novamente.

Ela:

— Por que, por que fala assim? Ah, Serguei Vassílievitch, compadeço-me do senhor.

E então ela libertou as mãos de baixo da manga, e eu vi que as chaves estavam nas mãos dela. Quer dizer que ela tinha saído para me encontrar e já as pegara no caminho.

Morfina

Eu (rudemente):

— Dê-me as chaves!

E as arranquei das mãos dela.

Rumei para o prédio esbranquiçado do hospital pelo calçamento de madeira úmido e tremelicante.

A ira chiava na minha alma, e acima de tudo porque eu absolutamente não tenho ideia de como preparar uma solução de morfina para injeção subcutânea. Sou um médico, não uma enfermeira!

Eu até tremia enquanto andava.

E então escutei: ela viera atrás de mim, como um cão fiel. A ternura levantou voo dentro de mim, mas eu a sufoquei. Virei-me e, arreganhando os dentes, disse:

— Vai fazer ou não?

E ela fez um gesto com a mão, derrotada — "tudo bem, fazer o quê" —, e respondeu baixinho:

— Tudo bem, eu faço...

... Dentro de uma hora eu estava em estado normal. Claro que lhe pedi desculpas pela rudeza sem sentido. Nem eu sei como isso aconteceu comigo. Antes eu era uma pessoa educada.

Ela reagiu estranhamente às minhas desculpas. Ficou de joelhos, estreitou as minhas mãos, e disse:

— Não estou brava com o senhor. Não. Agora sei que o senhor está perdido. Já sei. E me amaldiçoo por ter-lhe preparado a injeção naquele dia.

Tranquilizei-a como pude, assegurando que ela não tinha nada a ver com isso, que eu mesmo respondo pelos meus atos. Prometi-lhe que a partir de amanhã começarei seriamente a reverter o hábito, diminuindo a dose.

— Quanto o senhor injetou agora?

— Uma besteirinha. Três seringas com solução de 1%.

Ela apertou a cabeça com as mãos e silenciou.

— Ora, não se preocupe!...

... Na realidade, compreendo a inquietude dela. De fato, *morphinum hydrochloricum* é uma coisa terrível, o hábito se cria muito rápido. Mas um pequeno hábito não chega a ser morfinismo, não é?...

... Para falar a verdade, essa mulher é a única pessoa verdadeiramente fiel a mim. E, na realidade, ela bem que devia ser a minha esposa. A outra eu esqueci. Esqueci. E, no entanto, foi graças à morfina...

Dia 8 de abril do ano de 1917

Isso é uma tortura.

9 de abril

A primavera é terrível.

*

O inferno está no frasco. A cocaína é o inferno em um frasco. A ação dela é assim:

Ao se injetar uma seringa com uma solução de 2%, sobrevém quase instantaneamente um estado de tranquilidade, que de imediato se transforma em êxtase e deleite. E isso se prolonga apenas por um ou dois minutos. E depois tudo desaparece sem deixar pistas, como se nunca tivesse acontecido. Sobrevêm a dor, o terror e as trevas. A primavera ressoa, pássaros negros alçam voo de uns galhos desfolhados a outros, à distância, a floresta se estende em direção ao céu, como um conjunto de cerdas negras e disformes, e, além dela, arde o primeiro pôr do sol primaveril, abarcando um quarto do céu.

Meço com os passos a grande sala vazia e solitária do meu apartamento de médico, andando na diagonal, das portas até a janela e da janela até as portas. Quantos passeios desses posso completar? Não mais que quinze ou dezesseis. E então preciso dar a volta e rumar para o quarto. A seringa jaz numa gaze ao lado do frasco. Eu a pego e, untando descuidadamente com iodo a minha anca toda picada, finco a agulha na pele. Não há dor alguma. Oh, pelo contrário: eu antegozo a euforia que vai surgir já, já. E eis que ela surge. Sei disso porque os sons do acordeão que o guarda Vlás tocava no terraço, alegrando a primavera, os sons entrecortados e roucos do acordeão, voando abafados até mim através do vidro, transformam-se em vozes angelicais, e os graves toscos e os foles inflados bramam como um coro celestial. Mas, após um instante, por alguma lei secreta, não descrita em nenhum manual farmacológico, a cocaína se transforma em algo novo no sangue. Eu sei: é a mistura do diabo com o meu sangue. E Vlás definha no terraço, e eu o odeio, enquanto o pôr do sol, ribombando inquietamente, queima-me as entranhas. E isso acontece algumas vezes seguidas, ao longo da noite, até eu perceber que estou intoxicado. O coração começa a bater de tal modo que o sinto nos braços, nas têmporas... e depois se afunda em um abismo, e há segundos em que eu penso que o doutor Poliakov não voltará mais à vida...

13 de abril

Eu, o infeliz doutor Poliakov, que adoeceu em fevereiro deste ano de morfinismo, advirto a todos aqueles aos quais toque o mesmo destino que o meu que não tentem substituir a morfina por cocaína. A cocaína é o mais desagradável e pérfido dos venenos. Ontem Anna mal conseguiu me reanimar com cânfora, e hoje estou feito um morto-vivo...

Dia 6 de maio do ano de 1917

Faz um tempinho que não pego no diário para escrever. É uma pena. No fundo isso não é um diário, mas o histórico de uma doença, e eu, evidentemente, tenho uma inclinação profissional pelo meu único amigo no mundo (sem contar a minha aflita e frequentemente chorosa amiga Anna).

Pois bem, se vou registrar o histórico da doença, vamos lá. Injeto morfina em mim duas vezes por dia, às 5 horas da tarde (depois do jantar) e à 12 h. da noite antes de dormir.

Solução de 3%, duas seringas. Consequentemente, tomo 0,06 a cada vez.

É bastante!

*

Minhas anotações anteriores são um pouco histéricas. Não há nada de especialmente terrível. Na minha capacidade de trabalho isso não reflete nem um pouquinho. Pelo contrário: sobrevivo o dia inteiro com a injeção noturna da véspera. Dou conta das operações magnificamente, sou irrepreensivelmente atento ao receitar, e dou minha palavra de médico que o meu morfinismo não causou danos aos meus pacientes. Nem vai causar, espero. Mas outra coisa me tortura. Tenho a constante sensação de que alguém sabe do meu vício. E para mim é duro sentir pelas costas o olhar pesado e perscrutador do enfermeiro assistente, no consultório.

Besteira! Ele não suspeita. Nada me entregará. As minhas pupilas podem me trair somente à noite, e de noite eu nunca trombo com ele.

O horrível destalque de morfina na nossa farmácia eu supri quando fui à província. Mas lá também tive que passar por alguns momentos desagradáveis. O administrador do depósito pegou minha requisição, na qual eu também inscrevera, por precaução, outra bobagem qualquer, como cafeína, que temos à vontade, e disse:

Morfina

— Quarenta gramas de morfina?

E eu senti que desviava o olhar, como um colegial: senti-me corar...

Ele disse:

— Não temos essa quantidade. Darei dez gramas.

E de fato não tinha, mas a mim pareceu que ele havia penetrado no meu segredo, que me tateava e perfurava com os olhos, e eu me inquietei e me atormentei.

Não, as pupilas, só as pupilas são perigosas, e por isso estabeleci para mim a regra de não trombar com pessoas à noite. Lugar mais conveniente para isso do que o meu posto, aliás, não se encontrará; já faz bem meio ano que não vejo ninguém além dos meus doentes. E eles não tem nada que ver comigo.

18 de maio

Noite sufocante. Haverá tempestade. Uma barriga negra cresce e incha ao longe, além da floresta. Lá inclusive piscou um relâmpago pálido e inquietante. A tempestade cai.

Há um livro diante dos meus olhos, e nele está escrito, sobre a abstinência de morfina:

"... grande aflição, um estado melancólico inquietante, irritação, fraqueza da memória, às vezes, alucinações, e um pequeno grau de obscurecimento da consciência..."

Alucinações não experimentei, mas no tocante ao resto, posso dizer: oh, que palavras vagas, burocráticas, que não dizem nada!

"Estado melancólico"!...

Não, eu, tendo adoecido desta terrível doença, exorto os médicos para que sejam compassivos com seus pacientes. Não é um "estado melancólico", e sim uma morte lenta o que se apodera do viciado em morfina, se você o priva dela, seja por uma ou duas horas. Falta o ar, ele não consegue engolir... não há uma mínima célula no corpo que não anseie... O quê? Isso não dá para definir nem explicar. Numa palavra, o ser humano não está ali. Foi desligado. O que se mexe, se aflige e sofre é um cadáver. Ele não quer nada e não pensa em nada a não ser na morfina. Morfina!

Morrer de sede é o paraíso, uma morte bendita em comparação com a sede de morfina. Provavelmente é assim que alguém que foi enterrado vivo capta as últimas ínfimas bolhinhas de ar no túmulo e dilacera a pele do peito com as unhas. É assim que o herege geme e se agita na fogueira, quando as primeiras línguas de fogo lambem suas pernas...

É a morte — uma morte seca, lenta...

Eis o que se oculta sob essas palavras acadêmicas, "estado melancólico".

*

Não aguento mais. Fui e me piquei agora. Um suspiro. Mais um suspiro.

Está mais leve. E olha lá... Isso... O frescor de menta no epigástrio...

Três seringas com uma solução de 3%. Isso me basta até a meia-noite...

*

Bestcira. Este registro é uma besteira. Não é tão terrível. Cedo ou tarde eu largo!... E agora vou dormir e dormir.

Só me torturo e me enfraqueço com essa luta estúpida contra a morfina.

(*Na sequência, foram arrancadas umas duas dezenas de páginas do caderno.*)

...oa.

...vo vômito às 4 horas. 30 minutos.

Quando me sentir melhor, anotarei minhas horríveis impressões.

14 de novembro de 1917

Pois bem, depois da fuga de Moscou, da clínica de recuperação do doutor... (*o sobrenome está minuciosamente riscado*), estou em casa de novo. A chuva cai como uma cortina e esconde de mim o mundo. E que o esconda de mim. Não preciso dele, assim como ninguém no mundo precisa de mim. Passei pelos tiroteios e pelo golpe de Estado ainda na clínica. Mas o pensamento de largar o tratamento amadureceu sorrateiramente em mim antes mesmo dos confrontos nas ruas de Moscou. Agradeço à morfina por ter me tornado corajoso. Não temo tiroteio nenhum. E, no fim das contas, o que pode assustar uma pessoa que só pensa numa coisa, nos cristais divinos e milagrosos? Quando a enfermeira, completamente aterrorizada pelo troar dos canhões...

(*Aqui uma página foi arrancada.*)

...quei essa página para que ninguém leia a vergonhosa descrição de como uma pessoa com diploma fugiu sorrateira e covardemente, roubando as próprias roupas.

Aliás, que roupas o quê!

Eu peguei foi o camisolão do hospital. Não tive tempo de pegar minhas roupas. No dia seguinte, depois de uma picada, criei ânimo e voltei ao doutor N. Ele me acolheu com ar penalizado, mas através da pena, apesar de tudo, transparecia desprezo. E isso é tão vão. No fim das contas ele é um psiquiatra e deve entender que nem sempre tenho domínio sobre mim. Estou doente. Para que me desprezar? Devolvi a camisola do hospital.

Ele disse:

— Obrigado — e acrescentou: — O que o senhor pensa em fazer agora?

Eu disse vivamente (estava no estado de euforia naquele momento):

— Decidi voltar para o meu fim de mundo, ainda mais que as minhas férias terminaram. Sou muito grato ao senhor pela ajuda, já me sinto significativamente melhor. Vou continuar a me tratar em casa.

Ele respondeu o seguinte:

— O senhor não está nem um pouquinho melhor. Acho até engraçado que o senhor esteja falando isso para mim. De fato, basta dar uma olhada nas suas pupilas. Com quem acha que está falando?...

— Eu, professor, não posso largar de uma vez... especialmente agora que estão ocorrendo todos esses eventos... o tiroteio me mortificou por completo...

— Terminou. Agora há um novo governo. Interne-se novamente.

Então me lembrei de tudo... os corredores frios... vazios, a tinta oleosa que tingia as paredes... e eu, me arrastando como um cachorro com uma pata quebrada... esperando alguma coisa... O quê? Um banho quente?... Uma picadinha com 0,005 de morfina. Com uma dose, é verdade, ninguém morre... só que... toda a melancolia permanece, o peso continua lá como antes... Noites vazias, a camisola que eu usava e que rasguei, enquanto rogava que me soltassem?

Não. Não. Inventaram a morfina, extraíram-na dos bulbos secos e estalantes da divina planta, pois que encontrem também uma maneira de tratar sem tormentos! Sacudi teimosamente a cabeça. Então ele se soergueu. E eu me lancei subitamente em direção à porta, assustado. Achei que ele queria trancar a porta atrás de mim e me manter na clínica à força...

Morfina

O professor enrubesceu.

— Não sou carcereiro — pronunciou, não sem irritação —, e aqui não é Butirka.[8] Pode ficar tranquilo. O senhor se gabava de estar completamente normal, duas semanas atrás. E, no entanto... — ele reproduziu expressivamente o meu gesto de susto. — Não vou reter o senhor.

— Professor, devolva-me o meu recibo. Eu lhe rogo — e até a minha voz tremia lamentavelmente.

— Aqui está.

Ele tamborilou com a chave na mesa e me devolveu minha declaração (que dizia que eu me comprometia a completar o tratamento de dois meses e que podiam me reter na clínica e etc., enfim, o de praxe).

Com a mão trêmula, peguei a nota e a escondi, balbuciando:

— Agradeço.

Então me levantei para sair. E parti.

— Doutor Poliakov! — soou atrás de mim. Virei-me, segurando a maçaneta da porta. — É o seguinte — ele começou a falar —, pense bem. Compreenda que de qualquer jeito o senhor vai parar numa clínica psiquiátrica, bem, daqui a um tempinho... E, de mais a mais, vai parar lá em condições muito piores. Eu o tratei, apesar de tudo, como um médico. Da próxima vez o senhor chegará já numa condição de completo desmoronamento psicológico. O senhor, meu caro, na realidade não pode clinicar e, provavelmente, é até um crime não avisar o seu local de trabalho.

Estremeci e senti nitidamente que a cor fugia do meu rosto (embora ele já tivesse muito pouca, de qualquer forma).

— Eu lhe rogo, professor — falei, com uma voz abafada —, que não diga nada a ninguém... Que coisa, vão me

---

[8] A maior prisão de Moscou e uma das mais famosas e mais antigas do país, cuja primeira menção remonta a 1775. (N. da T.)

afastar do serviço... Difamar um doente... Por que o senhor quer fazer isso comigo?

— Vá — ele gritou, enfadado —, vá. Não direi nada a ninguém. Devolverão o senhor, de qualquer forma...

Fui embora e, juro, contorci-me de dor e vergonha o caminho inteiro... Por quê?...

*

É muito simples. Ah, meu amigo, meu fiel diário. Você não vai me entregar, não é? A questão não era as minhas roupas, mas o fato de que, na clínica, eu roubei morfina. 3 cubinhos em cristal e 10 gramas de solução de 1%.

Não é só isso que me interessa, mas também isso aqui: a chave estava plantada no armário. Bem, e se não estivesse? Eu arrombaria o armário ou não? Hein? Com a mão na consciência?

Arrombaria.

Pois bem, o doutor Poliakov é um ladrão. Terei tempo de rasgar esta página.

Bem, mas no que diz respeito à prática da medicina, ele exagerou. Sim, sou um degenerado. Isso é bem verdade. Já teve início a desintegração moral do meu ego. Mas consigo trabalhar, não vou causar mal ou danos a nenhum dos meus pacientes, não.

*

Por que foi que roubei? É muito simples. Concluí que, enquanto durassem as lutas e todo o rebuliço ligado ao golpe, eu não arranjaria morfina em lugar nenhum. Mas quando as coisas se aquietaram, consegui, numa farmácia no subúrbio, mais 15 gramas de solução de 1%, coisa que para mim é inútil e desinteressante (só vai dar para injetar 9 seringas!). E foi preciso me humilhar mais um pouco. O farmacêutico exigiu o carimbo, olhou para mim com ar sombrio e desconfiado. Mas então, no outro dia, voltando ao normal, recebi 20 gramas em cristais, em outra farmácia, sem qualquer impedimento — escrevi uma receita como se fosse para o hospital (ao mesmo tempo, é claro, encomendei cafeína e aspirina). E, no fim das contas, por que devo me esconder, temer? Por acaso está escrito bem na minha testa que sou viciado em morfina? Quem se importa, no fim das contas?

*

E será que é mesmo uma grande desintegração? Arrolo como testemunhas estas anotações. São fragmentadas, mas eu também não sou nenhum escritor! Por acaso há nelas pensamentos loucos? Na minha opinião, raciocino de maneira perfeitamente saudável.

*

O viciado em morfina tem uma felicidade que ninguém pode lhe tirar: a capacidade de levar a vida em completa solidão. E a solidão são pensamentos importantes, significativos, é contemplação, tranquilidade, sabedoria...

A noite flui, escura e silenciosa. Em algum lugar há uma floresta desfolhada, além dela, um riozinho, faz frio, é outono. Longe, muito longe, está Moscou, eriçada, furiosa. Eu não tenho nada que ver com nada, não preciso de nada e não me sinto atraído a lugar nenhum.

Arda, fogo na minha lâmpada, arda baixinho, quero descansar após as aventuras de Moscou, quero esquecê-las.

E esqueci.

Esqueci.

18 de novembro

Geada. Está um pouco mais seco. Saí para caminhar até o riozinho por uma vereda, porque quase nunca saio para tomar ar.

A desintegração do ego pode estar acontecendo, mas mesmo assim faço tentativas de me esquivar dela. Por exemplo, hoje de manhã não tomei nenhuma injeção. (Agora tomo injeções três vezes ao dia, três seringas com solução de 4% a cada vez.) Sinto-me desconfortável. Sinto pena da Anna. Cada nova porcentagem a mata. Tenho pena. Ah, que pessoa!

Sim... então... Pois bem... quando comecei a me sentir mal, decidi suportar o tormento um pouco (o professor N. se admiraria de mim) e adiar a injeção, e fui para o rio.

Que deserto. Nem um som, nem um leve rumor. O crepúsculo ainda não chegou, mas se escondeu em algum lugar e se arrasta pelos pântanos, pelos cômoros, entre os cepos... vai indo, vai indo para o hospital de Levkovo... E eu também me arrasto, apoiando-me em um cajado (para dizer a verdade, enfraqueci um pouco nos últimos tempos).

E eis que vejo uma velhinha de cabelos amarelos que vem voando em minha direção, rapidamente, pela encosta do rio, e não mexe os pés sob a sua saia multicolorida em formato de sino... No primeiro minuto não a entendi, nem cheguei a me assustar. Uma velhota é uma velhota. Estranho: por que a velhota está sem lenço e só com um casaquinho leve no frio?... A propósito, de onde saiu essa velhota, quem é ela? Nosso horário de consultas em Levkovo está acabando, partem os últimos trenós dos mujiques, e num raio de dez verstas não há ninguém. Nevoazinhas, pantanozinhos, florestas! De repente um suor frio me correu pelas costas: entendi! A velhota não estava correndo, mas literalmente voando, sem tocar a terra. Certo? Mas não foi isso que me arrancou um grito, e sim o fato de que nas mãos da velhota havia um forcado. Por que me assustei tanto? Por quê? Caí sobre um joelho, estendendo as mãos, cobrindo-me, para não a ver, e depois me virei e, claudicando, corri para casa como para um refúgio, sem desejar nada além de que o meu coração não rebentasse, para que eu pudesse entrar mais rápido nas salas aquecidas, ver a Anna viva... e a morfina...

Morfina   163

E cheguei correndo.

*

Besteira. É uma alucinação vã. Uma alucinação casual.

19 de novembro

Vômito. Isso é ruim.

*

Minha conversa noturna com Anna no dia 21:

Anna — O enfermeiro sabe.

Eu — É mesmo? Tanto faz. Não dará em nada.

Anna — Se você não for embora para a cidade, eu me enforco. Está me ouvindo? Olhe para as suas mãos, olhe.

Eu — Tremem um pouquinho. Isso não me atrapalha nem um pouco no trabalho.

Anna — Olhe só, estão transparentes! Só pele e osso... Olhe para o seu rosto... Escute, Seriója. Vá embora, eu suplico, vá...

Eu — E você?

Anna — Vá. Vá. Você está morrendo.

Eu — Bem, isso já é exagero. Mas é verdade que nem eu entendo por que enfraqueci tão rápido. Se não faz nem um ano inteiro que estou doente. Pelo jeito, essa é minha constituição mesmo.

Anna (com tristeza) — O que pode te devolver à vida? Talvez aquela sua Amneris, sua esposa?

Eu — Oh, não. Fique tranquila. Agradeço à morfina, que me livrou dela. No lugar dela está a morfina.

Anna — Ah, meu Deus, como você é... o que é que eu vou fazer?

*

Eu pensava que só nos romances havia gente como essa Anna. E, se algum dia eu me restabelecer, unirei meu destino ao dela para sempre. Que o marido dela não volte da Alemanha.

27 de dezembro

Faz tempo que não tomo o caderno nas mãos. Estou agasalhado, cavalos aguardam. Bomgard deixou o posto de Gorielovo e me mandaram substituí-lo. Para o meu posto vem uma médica.

Anna está aqui... Virá me visitar...

Apesar das trinta verstas.

*

Decidimos firmemente que a partir de 1º de janeiro eu vou sair de licença por um mês, por motivo de doença, e me internar com o professor em Moscou. Outra vez escreverei um termo de compromisso e sofrerei aquela tortura desumana na clínica dele.

Adeus, Levkovo. Anna, até a vista.

Ano de 1918. Janeiro

Não fui. Não consigo me separar do meu ídolo em forma de solução cristalina.

Vou morrer enquanto me trato.

E cada vez com mais frequência me ocorre o pensamento de que não preciso me tratar.

15 de janeiro

Vômito de manhã.

Três seringas com solução de 4% no crepúsculo.

Três seringas com solução de 4% à noite.

16 de janeiro

Hoje é dia de operação, por isso a grande abstinência: da madrugada até as seis da tarde.

No crepúsculo — a hora mais terrível —, já no apartamento, ouvi distintamente uma voz monótona e ameaçadora, que repetia:

— Serguei Vassílievitch. Serguei Vassílievitch.

Depois da injeção tudo passou de imediato.

17 de janeiro

Tempestade de neve — não há consultas. Estive lendo, nas horas de abstinência, um manual de psiquiatria, e ele produziu em mim impressões estarrecedoras. Estou morto, não há esperança.

Assusto-me com leves rumores, as pessoas me são odiosas no período de abstinência. Eu as temo. Na hora da euforia amo todas, mas prefiro a solidão.

*

Aqui é preciso ser cuidadoso — há um enfermeiro e duas parteiras. É preciso ficar muito atento para não me entregar. Tornei-me experiente e não me trairei. Ninguém ficará sabendo, enquanto eu tiver um estoque de morfina. As soluções eu preparo sozinho ou envio para a Anna a receita de antemão. Uma vez ela fez uma tentativa (ridícula) de trocar a concentração de 5% para 2%. Ela mesma trouxe a solução de Levkovo debaixo de um frio intenso e de uma tempestade de neve.

E por causa disso tivemos uma briga feia de noite. Eu a

persuadi a não fazer isso. Ao pessoal daqui, comuniquei que estou doente. Quebrei a cabeça por muito tempo sobre qual doença inventaria. Disse que tenho reumatismo nas pernas e uma grave neurastenia. Estão avisados de que vou para Moscou em fevereiro de licença, para me tratar. As coisas vão bem. Não há crises de arritmia quando estou trabalhando. Evito operar nos dias em que tenho crises irreprimíveis de vômito com soluço. Por isso precisei inventar também uma gastrite. Ah, são doenças demais para uma pessoa só!

O pessoal daqui está com pena e eles mesmos me mandam sair de licença.

*

Meu aspecto externo: magro, pálido de uma palidez de cera.

Tomei um banho e na ocasião me pesei na balança do hospital. No ano passado eu pesava pouco mais de 67 kg, agora não chego a 56 kg. Assustei-me ao olhar para o ponteiro, mas depois passou.

Nos meus antebraços há abscessos permanentes, a mesma coisa nos quadris. Não consigo preparar as soluções de maneira esterilizada, e, além disso, por três vezes eu me piquei com uma agulha não fervida, estava com muita pressa antes de uma viagem.

Isso é inadmissível.

18 de janeiro

Houve uma alucinação assim:

Fico esperando a aparição de umas pessoas pálidas nas janelas escuras. É insuportável. Só há uma cortina. Peguei gaze no hospital e pendurei. Não consegui pensar num pretexto.

Ah, pro inferno! E por que, no fim das contas, eu preciso pensar num pretexto para cada uma das minhas ações? Isso é tortura, é o que é, e não vida!

*

Será que me expresso de maneira fluente? Acho que sim. Vida? Que piada!

19 de janeiro

Hoje, na hora do intervalo entre as consultas, quando descansávamos e fumávamos na farmácia, o enfermeiro, manejando os pós, contou (por algum motivo, com uma risada) sobre uma enfermeira que, doente de morfinismo e sem possibilidade de conseguir morfina, bebeu meio cálice de tintura de ópio. Eu não sabia onde enfiar a cara na hora desse relato torturante. O que há de engraçado nele? Para mim é odioso. O que há de engraçado nisso? O quê?

Saí da farmácia com um andar sorrateiro.

"O que o senhor vê de engraçado nessa doença?"

Mas me contive, contiv...

Na minha posição, não convém ser insolente demais com as pessoas.

Ah, o enfermeiro. Ele é tão cruel quanto esses psiquiatras que não conseguem ajudar o doente de modo nenhum, nenhum, nenhum.

Nenhum.

*

As linhas anteriores foram escritas no período de abstinência, há muito nelas de injusto.

*

A noite está enluarada. Estou deitado, fraco, após um acesso de vômito. Não consigo levantar muito os braços e traço meus pensamentos com o lápis. São límpidos e orgulhosos. Sou feliz por algumas horas. O sono me espera. Sobre mim está a lua, e, nela, uma coroa. Nada é assustador depois das picadas.

1º de fevereiro

Anna veio. Ela está amarela, doente.

Eu a arruinei. Arruinei. Sim, na minha consciência há um grande pecado.

Prestei-lhe um juramento de que partiria na metade de fevereiro.

*

Cumprirei?

*

Sim. Cumprirei.

I.e., se estiver vivo.

3 de fevereiro

Pois bem: há uma pequena montanha. Gelada e sem fim, como aquela da qual, na minha infância, um trenó trazia o Kai do conto de fadas.[9] É meu último voo por essa montanhinha, e sei o que me espera lá embaixo. Ah, Anna, em breve você terá grande aflição, se você me amava...

11 de fevereiro

Decidi o seguinte. Procurarei Bomgard. Por que precisamente ele? Porque não é psiquiatra, porque é jovem e meu

[9] Alusão ao personagem do conto de fadas "A Rainha da Neve", de Hans Christian Andersen. (N. da T.)

companheiro de universidade. É saudável, forte, mas sensível, se eu estiver correto. Lembro-me dele. Pode ser que esteja acima de... Encontrarei compaixão nele. Pensará em alguma coisa. Que me leve para Moscou. Eu não posso ir encontrá-lo. Já tirei minha licença. Estou deitado. Não vou ao hospital.

Espalhei calúnias sobre o enfermeiro. Bem, ele riu... Não importa. Veio me visitar. Ofereceu-se para me auscultar.

Não permiti. De novo pretextos para a recusa? Não quero inventar um pretexto.

O bilhete para o Bomgard foi despachado.

*

Gente! Alguém me ajudará?

Eu dei para exclamar coisas pateticamente. E se alguém ler isso vai pensar que é hipocrisia. Mas ninguém lerá.

*

Antes de escrever para Bomgard, lembrei de tudo. Veio à tona, em especial, a estação de trem em Moscou, quando eu estava fugindo de lá, em novembro. Que noite terrível. Injetei a morfina roubada no banheiro... É uma tortura. Forçavam a porta, vozes ribombam como se fossem de ferro, xingavam, porque eu estava ocupando o lugar havia muito tempo, e as minhas mãos saltam, e salta a dobradiça, é agora que a porta vai se abrir...

Desde então também tenho furúnculos.

Chorei à noite, ao me lembrar disso.

Dia 12, noite

E chorei de novo. Pra que essa fraqueza e torpeza à noite?

1918, 13 de fevereiro,
ao nascer do sol em Gorielovo

Posso me parabenizar: estou sem uma picada já faz catorze horas! Catorze! É uma cifra impensável. O amanhecer é turvo e esbranquiçado. Ficarei completamente curado agora?

Com o pensamento maduro, vejo que não preciso de Bomgard nem de ninguém. Seria vergonhoso prolongar minha vida por mais um mísero minuto. Essa vida não, não dá. Tenho o remédio à mão.

Como não adivinhei antes?

Bem, senhores, vamos lá. Não devo nada a ninguém. Arruinei somente a mim mesmo. E Anna. O que posso fazer?

O tempo curará, como cantava Amneris. Para ela, claro, foi simples e fácil.

O caderno é para o Bomgard. Isso é tudo...

CAPÍTULO 5

Ao amanhecer do dia 14 de fevereiro de 1918, naquela cidadezinha remota, eu terminei de ler essas anotações de Serguei Poliakov. E aqui estão elas, completas, sem absolutamente nenhuma mudança. Eu não sou psiquiatra, não posso dizer com convicção que sejam edificantes, necessárias... Na minha opinião, são necessárias, sim.

Agora que se passaram dez anos, a pena e o medo provocados pelas anotações se foram. Isso é natural. Mas, relendo essas notas, agora que o corpo de Poliakov há muito já se putrefez e a lembrança dele desapareceu por completo, ainda tenho interesse por elas. Talvez sejam necessárias? Terei a ousadia de decidir que são. Anna K. morreu em 1922, de febre tifoide, naquele mesmo posto onde trabalhava. Amneris — a primeira mulher de Poliakov — está no estrangeiro. E não voltará.

Será que posso publicar essas anotações que me foram legadas?

Posso. Publicarei. *Dr. Bomgard*

Outono de 1927

EU MATEI

EU MATEI

O doutor Iáchvin deu um sorrisinho torto e estranho e perguntou o seguinte:

— Posso arrancar a folhinha do calendário? Agora é exatamente meia-noite, quer dizer que já é dia 2.

— Por favor, à vontade — respondi.

Iáchvin agarrou a ponta com seus dedos finos e brancos e cuidadosamente tirou a folha de cima. De baixo dela veio à tona uma folhinha barata com o numeral 2 e a palavra "terça-feira". Mas algo no papelzinho cinzento interessou Iáchvin extraordinariamente. Ele apertou os olhou, perscrutou a folha, depois ergueu os olhos e relanceou-os para um ponto distante, de modo que era evidente que ele via alguma coisa acessível só à sua pessoa, um quadro misterioso, além da parede do meu quarto, e talvez até longe da Moscou noturna envolta na cerração fina e terrível do frio de fevereiro.

"O que foi que ele achou ali?", pensei, olhando de viés para o médico. Ele sempre me interessou muito. Sua aparência como que não correspondia à profissão. Os desconhecidos sempre o tomavam por um ator. De cabelos escuros, ele tinha, ao mesmo tempo, uma pele muito branca, e isso o embelezava e como que destacava-o numa fileira de rostos. Estava sempre muito bem barbeado, vestia-se com bastante apuro, amava demais ir ao teatro, e, se falava sobre teatro, o fazia com grande bom gosto e conhecimento. Ele se distinguia de todos os nossos residentes e, agora, entre os meus convidados, principalmente pelo calçado. Estávamos em cinco pessoas na sala, e quatro de nós usávamos botas de couro de bezerro com pontas ingenuamente arredondadas, mas o doutor Iáchvin calçava sapatos pontudos de verniz e polainas amarelas. Devo, a propósito, dizer que o janotismo de Iáchvin nunca causava impressões especialmente desagradáveis, e ele era um médico — é preciso fazer-lhe justiça — muito bom. Era ousado, sortudo e, o principal, sempre arranjava tempo para ler, a despeito das constantes visitas às suas valquírias e a seu barbeiro de Sevilha.[1]

A questão, é claro, não eram os sapatos, mas outra coisa. Ele me interessava por uma qualidade incomum sua: sendo uma pessoa silenciosa e evidentemente fechada, em algumas ocasiões ele se transformava num maravilhoso contador de histórias. Falava com muita tranquilidade, sem requintes, sem o tom arrastado e o balido dos pequeno-burgueses, o nhe-nhe-nhem, e sempre sobre algum tema interessantíssimo. Em tais momentos, o médico contido e um tanto enfatuado como que se inflamava; só de quando em quando fazia gestos breves e harmoniosos com a alva mão direita, como se estivesse fixando pequenas estacas no ar para indicar os marcos do relato; nunca sorria ao contar uma história engraçada; e suas comparações às vezes eram tão certeiras e pitorescas que, ao escutá-lo, eu sempre me afligia com o mesmo pensamento: "Você é um médico até que razoável, e mesmo assim seguiu o caminho errado, devia era ser escritor...".

Também agora esse pensamento me ocorria, apesar de Iáchvin não estar falando nada, e sim estreitando os olhos para o número 2, visando um horizonte incógnito.

"O que ele encontrou ali? A ilustração, talvez." Eu me virei um pouco para olhar por sobre o ombro e vi que a ilustração era a mais desinteressante possível. Retratava um ca-

---

[1] Referência às operas *A Valquíria* (1870), de Wagner, e *O Barbeiro de Sevilha* (1816), de Rossini. (N. da T.)

valo de aspecto disforme com um peito atlético, e ao lado um motor, e a legenda era "Potência comparativa entre um cavalo (1 unidade de força) e um motor (500 cavalos de força)".

— Isso tudo é um absurdo, camaradas — pus-me a falar, dando prosseguimento à conversa —, uma vulgaridade pequeno-burguesa. Eles caem de pau em cima dos médicos, demônios, e de nós, cirurgiões, em particular. Pensem: uma pessoa faz cem operações de apendicite, na centésima primeira o doente morre na mesa dele. Que coisa, fui eu que o matei, por acaso?

— Dirão sem falta que matou — respondeu um médico — e se for a esposa de alguém, então o marido virá à clínica jogar uma cadeira em você — confirmou, convicto, o doutor Plonski, e até deu um sorriso, e nós sorrimos também, apesar de, em essência, haver muito pouco de engraçado em cadeiras atiradas na clínica.

— Eu não suporto — continuei — aquelas palavras falsas e arrependidas: "Matei, ah, passei-lhe a faca". Ninguém passa a faca em ninguém, e se acabamos matando um doente que está nas nossas mãos, é por acidente. Chega a ser engraçado! O assassinato não é do feitio da nossa profissão. Que inferno!... Eu chamo de assassinato a eliminação de uma pessoa com intenção premeditada, bem, na pior das hipóteses, com o desejo de matá-la. Um cirurgião com uma pistola na mão... É assim que eu entendo. Mas ainda não encontrei um cirurgião assim em toda a minha vida, e é pouco provável que um dia encontre.

O doutor Iáchvin de repente virou a cabeça para mim — no que eu reparei que seu olhar tinha se tornado pesado — e disse:

— A seu serviço.

Nisso ele fincou o dedo na própria gravata e deu um sorriso torto de novo, mas não com os olhos, só com o canto da boca.

Eu matei

Nós o fitamos com surpresa.

— Como assim? — perguntei.

— Eu matei — esclareceu Iáchvin.

— Quando? — perguntei, ridiculamente.

Iáchvin apontou para o número 2 e respondeu:

— Imaginem só, que coincidência. Assim que vocês começaram a falar sobre morte, eu atentei para o calendário e vi que era o dia 2. Aliás, eu me lembro dessa noite todo ano, de qualquer forma. Vejam, há exatamente sete anos, nessa mesma noite, sim, talvez até... — Iáchvin tirou o relógio preto, deu uma olhada — ... sim... quase nessa mesma hora, na noite do dia 1º para o dia 2 de fevereiro, eu o matei.

— Um paciente? — Guins perguntou.

— Um paciente, sim.

— Mas de propósito? — perguntei.

— Sim, de propósito — Iáchvin respondeu.

— Hm, já imagino — observou o cético Plonski, entre os dentes —, ele tinha câncer, provavelmente, sofria torturas agonizantes, e o senhor lhe injetou uma dose decuplicada de morf...

— Não, a morfina não tem nada a ver com o assunto — Iáchvin respondeu —, e ele não tinha câncer nenhum, tampouco. Estava frio, lembro perfeitamente, uns quinze graus negativos, viam-se as estrelas... Ah, que estrelas temos na Ucrânia! Já faz quase sete anos que vivo em Moscou, e ainda assim me sinto atraído para a minha pátria. Dá um aperto no coração, às vezes dá uma vontade tremenda de entrar num trem... e partir pra lá. Rever os despenhadeiros cobertos de neve. O Dnieper... Não há cidade no mundo mais bela que Kíev.

Iáchvin escondeu a folhinha do calendário na carteira, encolheu-se na poltrona e continuou:

— Cidade terrível, tempos terríveis... Vi coisas assustadoras que vocês, moscovitas, não viram. Foi no ano de 1919, justamente no dia 1º de fevereiro. O crepúsculo já tinha começado, eram seis horas da tarde. Esse crepúsculo me surpreendeu numa ocupação estranha. Na mesa do meu gabinete uma lâmpada arde, o cômodo está quentinho, confortável, e eu, sentado no chão, debruçado sobre uma maletinha, enfio nela ninharias diversas, murmurando a mesma palavra:

— Fugir, fugir...

Ora coloco uma camisa na mala, ora tiro... Ela não está cabendo, a maldita. A maleta é daquelas de mão, minúscula, as ceroulas ocuparam muito espaço, e então a centena de cigarros, o estetoscópio. Tudo isso está quase saltando da maletinha. Largo a camisa, apuro o ouvido. O caixilho de inverno da janela está fechado,[2] os sons chegam abafados, mas dá para ouvir... Ao longe, bem longe se arrastam com extrema dificuldade... bu-u... hu-u... armas pesadas. O estrondo se propaga, depois se aquieta. Dou uma espiada na janela, eu vivia em um terreno escarpado, no alto da ladeira Alekseievski,[3] conseguia ver o Podil[4] inteiro. A noite vem do Dnieper, agasalha as casas, e as luzes gradualmente se acendem em cadeias, em fileiras... Depois, mais uma vez um estrondo se faz ouvir. E a cada vez que golpeiam do outro lado do Dnieper, eu murmuro:

— Dá-lhe, dá-lhe, dá-lhe mais.

---

[2] Janelas de folhas duplas são usadas na Rússia, Ucrânia e outros lugares frios para proporcionar isolamento térmico. Compõem-se de um caixilho externo, com folhas de vidro ou madeira, e de um caixilho interno, com vidro e encaixado no anterior, que pode ser aberto ou fechado independentemente dele. Este é o caixilho de inverno. Também serve para deixar entrar a luz durante o dia, mesmo mantendo a janela permanentemente fechada. (N. da T.)

[3] O personagem está falando, ao que tudo indica, da ladeira Andreiévski, em Kíev. (N. da T.)

[4] Podil (ucraniano; em russo, Podol) é um bairro de Kíev, existente pelo menos desde o século IX, cujo nome significa "sopé". (N. da T.)

Eu matei

A questão era a seguinte: a essa hora a cidade inteira sabia que Petliúra[5] a deixaria a qualquer momento. Se não naquela noite, então na seguinte. Os bolcheviques vinham chegando de além do Dnieper e, segundo os rumores, em enormes quantidades, e é preciso reconhecer que a cidade inteira esperava por eles não só com impaciência, mas eu diria que até mesmo com admiração. Porque o que os exércitos de Petliúra estavam fazendo em Kíev nesse seu último mês de permanência era inconcebível. *Pogroms* ferviam a todo momento, matavam gente diariamente, dando preferência aos judeus, é claro. Confiscavam as coisas, os automóveis voavam pela cidade, e neles gente de gorro cossaco com *chlyki*[6] vermelho e dourado, os canhões ao longe não cessavam nem por uma hora nos últimos dias. De dia e de noite. Todos estavam numa espécie de angústia, os olhos de todos estavam afiados, alarmados. E na véspera mesmo dois cadáveres haviam jazido por meio dia na neve sob a minha janela. Um de capote militar cinza, o outro de blusão preto, e ambos sem botas. E o povo ora se afastava bruscamente deles, ora se juntava em montinhos, olhava, algumas mulheres de cabeça descoberta surgiam nos vãos dos portões, agitavam os punhos ameaçadoramente para o céu e gritavam:

— Vocês vão ver só. Estão chegando, estão chegando os bolcheviques.

Era repugnante e lastimável a vista desses dois, assassinados sabe-se lá por quê. De modo que no fim das contas eu

---

[5] Simon Petliúra (1879-1926), líder nacionalista ucraniano. Entre 1917 e 1918, ocupou o cargo de ministro da Guerra na breve República Popular da Ucrânia (1917-1921), e depois formou um exército para combater os bolcheviques, os brancos e os alemães. Foi responsável por saques e violações em massa, além de *pogroms* contra judeus. (N. da T.)

[6] Enfeite que fica no topo da *papakha*, o gorro de peles cossaco. (N. da T.)

também passei a esperar os bolcheviques. E eles estavam cada vez mais perto. O horizonte se apagava, e as balas rezingavam ao longe, como se estivessem no ventre da terra.

Pois bem...

Pois bem: a lâmpada arde de forma ao mesmo tempo acolhedora e alarmante, no quarto estou completamente só, há livros espalhados por todo lado (acontece que em meio a toda essa confusão eu acalentava o sonho louco de me preparar para receber um grau acadêmico), e eu lá, debruçado sobre a maletinha.

O que ocorreu, é preciso que lhes diga, foi o seguinte: os acontecimentos entraram voando no meu apartamento, me agarraram pelos cabelos e começaram a me arrastar, e tudo se precipitou, como um pesadelo dos infernos. Eu tinha voltado exatamente nesse crepúsculo de um hospital para trabalhadores no subúrbio, onde eu era residente do departamento cirúrgico feminino, e encontrei na fenda da porta um pacote de aparência desagradável e burocrática. Rasguei-o imediatamente no patamar, li o que estava escrito na folhinha e me sentei na escada mesmo.

Na folhinha estava datilografado em caracteres azulados, em ucraniano:

"Com a recepção desta..."

Resumidamente, traduzindo-se para o russo:

"A partir do recebimento da presente, determina-se a Vossa Senhoria que se apresente no gabinete de gestão sanitária, no prazo de duas horas, para o recebimento de uma designação..."

Quer dizer que agora era assim: eis o mais esplêndido exército, que deixa cadáveres nas ruas, o paizinho Petliúra, os *pogroms*, e eu com uma cruz vermelha na manga, nessa companhia... Não passei mais que um minuto devaneando na escada, a propósito. Saltei como se impulsionado por uma mola, entrei no apartamento, e foi assim que a maletinha entrou em cena. Meu plano amadureceu rapidamente. Dar o fora do apartamento, catar um pouco de roupa de baixo e partir para o subúrbio, para a casa de um amigo enfermeiro, pessoa de aspecto melancólico e evidentes inclinações bolchevistas. Vou ficar com ele até que derrotem Petliúra. Mas e se não o derrotarem, no fim das contas? Será que esses tão esperados bolcheviques são um mito? Canhões, cadê vocês? Está tudo quieto. Não, olha o som de resmungo aí de novo...

Joguei longe a camisa, raivosamente, cerrei o fecho da maleta com um estalido, coloquei a Browning e o pente de munição no bolso, vesti o capote militar com a braçadeira da cruz vermelha, olhei em volta, melancólico, apaguei a lâmpada e, tateando, em meio às sombras crepusculares, saí para a antessala, iluminei-a, peguei o *bachlík*[7] e abri a porta para o patamar.

E, na mesma hora, tossindo, pisaram dentro da antessala duas figuras com carabinas curtas de cavalaria pendendo dos ombros.

Um usava esporas, o outro não, e ambos traziam gorros de peles com *chlyki* azuis-escuros, que lhes caíam sobre as maçãs dos rostos, conferindo um ar malvado.

Meu coração deu uma pancada.

— O senhor é o médico Iáchvin? — perguntou o primeiro cavaleiro, numa mistura de russo e ucraniano.

— Sim, sou eu — respondi, com a voz abafada.

— O senhor vem conosco — disse o primeiro.

— O que significa isso? — perguntei, me recuperando um pouco.

— Sabotagem, eis o que significa — respondeu, estrondeando com as esporas, e me lançou um olhar divertido e

---

[7] Paramento de origem circassiana, um tipo de capuz de tecido que pode ser enrolado por cima do chapéu. (N. da T.)

182 Mikhail Bulgákov

malvado —, os médicos não querem se mobilizar, por isso vão responder de acordo com a lei.

Apagou-se a luz na antessala, a porta fechou com um estalido, então veio a escada... a rua...

— Para onde estão me levando? — perguntei, e toquei carinhosamente o cabo gelado com ranhuras no bolso das calças.

— Para o Primeiro Regimento de Cavalaria — respondeu o das esporas.

— Pra quê?

— Como pra quê? — surpreendeu-se o segundo. — O senhor foi designado como nosso médico.

— Quem comanda o regimento?

— O coronel Leschenko — respondeu o primeiro, com algum orgulho, suas esporas retinindo ritmicamente à minha esquerda.

"Sou o filho de uma cadela mesmo", pensei, "fiquei lá devaneando do lado da mala. Por causa de umas cuecas... O que é que me custava sair cinco minutos mais cedo?!"

Um céu negro e enregelante já pendia sobre a cidade, e estrelas sobressaíam nele, quando nós chegamos a uma mansão. A luz elétrica ardia atrás dos vidros decorados com ramagens pelo frio.

Estrondeando com as esporas, introduziram-me em uma sala vazia empoeirada, iluminada por um ofuscante bulbo elétrico sob uma tulipa[8] quebrada de vidro opalino. A ponta de uma metralhadora se sobressaía num canto, e minha atenção foi atraída pelos filetes rubros e avermelhados nesse canto perto da metralhadora, lá onde uma tapeçaria cara pendia em farrapos.

---

[8] Lustre em formato de tulipa produzido por um antigo fabricante russo de lâmpadas de querosene. (N. da T.)

Eu matei

"Mas isso é sangue!", pensei, e senti um desagradável aperto no coração.

— Senhor coronel — disse o homem das esporas, em voz baixa —, trouxemos o médico.

— É *jid*?[9] — gritou de súbito uma voz, seca e rouca, em algum lugar.

A porta, forrada por uma tapeçaria com patos bordados, escancarou-se sem ruído, e uma pessoa entrou correndo.

Ele trajava um capote militar suntuoso e botas com esporas. Estava cingido fortemente por um cinturão caucasiano de plaquinhas prateadas, e um sabre também caucasiano sobre sua coxa rutilava com luzinhas que refletiam o brilho da luz elétrica. Usava um chapeuzinho de pele de carneiro com topo carmesim, cruzado por galões dourados. Os olhos vesgos olhavam com maldade, estranhos e doentios, como se bolinhas negras saltassem dentro deles. O rosto era coberto de bexigas, e os bigodes negros e bem aparados contorciam-se nervosamente.

— Não, não é *jid* — respondeu o cavalariano.

Então o homem veio saltitando até mim e me olhou nos olhos.

— O senhor não é *jid* — ele se pôs a falar, com um forte sotaque ucraniano, num dialeto estranho, misturando palavras russas e ucranianas —, mas não é melhor que um *jid*. E assim que a guerra terminar, submeterei o senhor à corte marcial. Será fuzilado por sabotagem. Não saia de perto dele! — ordenou ao cavalariano. — E dê um cavalo ao médico.

Eu estava parado, calado e, suponho, pálido. Então tudo começou a escorrer, desfazendo-se novamente, como um sonho enevoado. Alguém no canto disse em tom queixoso:

— Tenha piedade, senhor coronel...

[9] Termo pejorativo para judeu. (N. da T.)

Avistei vagamente uma barbicha tremelicante, um capote militar rasgado. Rostos de cavalarianos apareciam aqui e ali em volta dele.

— Desertor? — cantarolou uma voz levemente rouca que já me era conhecida — Ah, sua peste, sua praga!

Eu vi o coronel, arreganhando a boca, tirar do coldre uma pistola elegante e escura e golpear com o cabo dela o rosto daquele homem esfarrapado. Este saltou para o lado, começou a engasgar com o próprio sangue, caiu de joelhos. As lágrimas corriam dos seus olhos como um dilúvio...

E depois sumiu a cidade embranquecida pela geada; a estrada, ladeada por árvores, estendia-se pela beira do misterioso, negro e petrificado Dnieper, e pela estrada seguia, espichando-se como uma cobra, o Primeiro Regimento de Cavalaria.

Na retaguarda dele, de quando em quando troavam as carrocinhas de comboio. As espadas negras balançavam, sobressaíam-se os capuzes pontudos, cobertos de geada. Eu montava numa sela fria, remexia às vezes os dedos aflitivamente doloridos nas botinas, respirava pelo orifício do capuz, bordeado com uma felpuda escarcha que se formara, e sentia minha maleta, atada ao arção da sela, pressionar-me a coxa esquerda. Meu escoltador, que não arredava pé, cavalgava ao meu lado em silêncio. Dentro de mim tudo meio que congelara, da mesma forma que os meus pés. De tempos em tempos eu erguia a cabeça para o céu, olhava para as enormes estrelas, e, como que grudado nos meus ouvidos, o uivo daquele desertor soava, só às vezes silenciando. O coronel Leschenko tinha mandado que o açoitassem a vara, e o açoitaram na mansão.

O horizonte escuro agora silenciava, e eu, com uma dura amargura, pensava que provavelmente tinham repelido os bolcheviques. Não havia esperança no meu destino. Nós fomos na frente para Slobodka, lá devíamos manter posição e vigiar a ponte que permitia a travessia do Dnieper. Se o combate amainar e não precisarem de mim de imediato, o coronel Leschenko vai me julgar. A esse pensamento eu como que petrificava e perscrutava as estrelas com tristeza. Em um tempo terrível como aquele, não era difícil adivinhar a conclusão do julgamento por má vontade em se apresentar no prazo de duas horas. O destino cruel de uma pessoa diplomada...

Dentro de duas horas tudo mudou novamente, como em um caleidoscópio. Agora a estrada escura sumira. Eu me encontrava numa sala branca rebocada. Sobre uma mesa de madeira havia um lampião, jaziam uma côdea de pão e uma maleta médica desarrumada. Os meus pés tinham degelado, eu me aquecia, porque no fogãozinho de ferro preto dançava um fogo carmesim. De tempos em tempos, cavalarianos vinham até mim, e eu os tratava. Na maior parte eram queimaduras de frio. Eles tiravam as botas, desenrolavam as *portiankas*,[10] contraíam-se perto do fogo. Na sala pairava um cheiro azedo de suor, mapacho[11] e iodo. Às vezes eu ficava sozinho. Meu guarda pessoal me abandonou. "Fugir" — eu de vez em quando entreabria a porta, olhava para fora e via a escada, iluminada por uma vela de estearina que derretia, os rostos, as espingardas. A casa inteira estava atulhada de pessoas, fugir era difícil. Eu estava no centro do quartel-general. Da porta, eu retornava para a mesa, sentava-me, impotente, deitava a cabeça nas mãos e escutava atentamente. Pelo relógio reparei que, a cada cinco minutos, sob o assoa-

---

[10] *Portianka* é um pedaço de tecido retangular que se enrolava no pé e se usava no lugar das meias. Os militares se utilizavam das *portiankas* porque eram feitas de tamanho uniforme, independentemente do tamanho dos pés, e eram fáceis de lavar e ajeitar dentro das botinas. (N. da T.)

[11] Tipo de tabaco originário dos Andes, com o qual se produzia um cigarro popular, na época, na Rússia e em outros países do Leste Europeu. (N. da T.)

lho embaixo de mim irrompia um ganido. Eu não sabia exatamente o que estava acontecendo. Espancavam alguém lá, com uma vareta de limpar espingarda. O ganido às vezes se convertia em algo parecido ao rugido retumbante de um leão, às vezes em carinhosas — segundo pareciam através do chão — súplicas e queixas, como se alguém estivesse numa conversa íntima com um amigo, às vezes se interrompia bruscamente, como se houvesse sido cortado por uma faca.

— O que vocês querem com eles? — perguntei a um dos soldados de Petliúra, que, tremendo, estendia as mãos em direção ao fogo. Seu pé descalço descansava sobre uma banqueta, e eu cobria de unguento branco de mercúrio a ferida carcomida no dedão azulado. Ele respondeu:

— Apanhamos uma organização aqui em Slobodka. Comunistas e *jids*. O coronel está interrogando.

Não repliquei. Quando ele saiu, enrolei a cabeça com o capuz e o som ficou mais abafado. Passei assim mais ou menos um quarto de hora, e então a voz do meu escoltador me tirou daquele devaneio, durante o qual flutuava continuamente perante meus olhos fechados um rosto bexiguento, debaixo de galões dourados:

— O senhor coronel mandou buscar você.

Levantei, desenrolei o capuz sob o olhar espantado do meu guarda pessoal e segui o cavalariano. Nós descemos a escada até o andar de baixo, e eu entrei numa sala branca. Então avistei o coronel Leschenko à luz do lampião.

Ele estava despido até a cintura e se apertava no banquinho, comprimindo contra o peito uma gaze ensanguentada. Ao lado dele um rapaz desnorteado trocava o tempo todo o peso de um pé para o outro, batendo às vezes com as esporas.

— Miserável — resmungou o coronel, por entre os dentes, depois se voltou para mim: — Bem, senhor médico, faça um curativo em mim. Rapaz, saia — ele ordenou ao rapaz, que abriu caminho em direção à porta, fazendo um barulhão.

Estava tudo quieto na casa. E nesse momento o caixilho da janela tremeu. O coronel olhou de esguelha para a janela escura, e eu também. "Os canhões", pensei, e, após suspirar convulsivamente, perguntei:

— O que causou isso?

— Um canivete — respondeu o coronel, carrancudo.

— De quem?

— Não é da sua conta — ele respondeu, com um desprezo frio e maldoso, e acrescentou: — Ah, senhor médico, você vai se dar mal.

Veio-me à cabeça de repente: "Alguém não suportou as torturas, atirou-se sobre ele e o feriu. Só pode ser isso...".

— Tire a gaze — eu disse, inclinando-me para o peito dele, coberto de pelos pretos. Mas ele nem tinha tirado a bolota ensanguentada quando se ouviu um tropel atrás da porta, uma algazarra, e uma voz rude gritou:

— Pare, pare, inferno, pra onde...

A porta se escancarou e uma mulher desgrenhada irrompeu na sala. O rosto dela estava seco e, segundo me parecia, até alegre. Só depois, decorrido muito tempo, foi que eu compreendi que o furor extremo pode se expressar de formas muito estranhas. Um braço cinzento quis agarrar a mulher pelo lenço, mas falhou.

— Pode ir, rapaz, pode ir — ordenou o coronel, e o braço desapareceu.

A mulher deteve o olhar no coronel seminu e disse com uma voz seca e nada embargada:

— Por que fuzilaram o meu marido?

— Porque era necessário, por isso fuzilamos — respondeu o coronel, e comprimiu o rosto numa careta de dor. A bolinha avermelhava cada vez mais sob os dedos dele.

Ela sorriu de tal forma que eu não consegui mais despregar os olhos dos seus. Nunca tinha visto olhos assim. E aí ela se virou para mim e disse:

— E o senhor é um doutor!...

Fincou o dedo na minha manga, na cruz vermelha, e sacudiu a cabeça.

— Ai, ai — ela continuou, e seus olhos chamejavam —, ai, ai. Que patife é o senhor... Estudou na universidade, e agora, com esses trastes... Está do lado deles fazendo curativinhos?! Ele bate e bate na cara da pessoa até tirá-la do sério... E o senhor está fazendo curativinho nele?...

Por um momento, tudo ficou turvo diante dos meus olhos, a ponto de provocar náuseas, e eu senti que ali começavam os mais estranhos e surpreendentes acontecimentos da minha malfadada vida de médico.

— A senhora diz isso para mim? — perguntei, e senti que tremia. — Para mim? Por acaso a senhora sabe...

Mas ela não quis escutar, virou-se para o coronel e cuspiu-lhe no rosto. Ele saltou de pé, gritou:

— Rapazes!

Quando irromperam na sala, ele disse, irado:

— Deem-lhe vinte e cinco vergastadas.

Ela não falou nada, e eles pegaram-na pelos braços e a arrastaram; o coronel, por sua vez, fechou a porta e ajeitou o trinco, depois se largou no banco e afastou a bolota de gaze. Sangue gotejava do pequeno talho. O coronel secou o cuspe, que lhe pendia do lado direito do bigode.

— Em uma mulher? — questionei, numa voz completamente diferente da minha normal. A ira se acendeu nos olhos dele.

— Ehe-he... — ele disse, e me lançou um olhar sinistro. — Estou vendo o tipinho que me deram no lugar de um médico...

* * *

Uma das balas, pelo visto, atingiu-o na boca, porque me recordo dele cambaleando no banco e do sangue escorrendo

Eu matei

da boca; logo em seguida aumentaram os filetes que corriam do peito e da barriga, depois os olhos se apagaram e passaram de negros a leitosos, e então ele desabou no chão. Ao atirar, lembro que eu temia errar na conta e disparar a sétima, a última bala. "Eis aí a minha morte também", pensei, e o gás fumacento da Browning tinha um cheiro muito agradável. Mal a porta começou a estralar, eu me joguei contra a janela, quebrando os vidros com os pés. E saltei para fora, a sorte me sorriu um pouco, aterrissei num pátio ermo e passei correndo ao lado das pilhas de lenha, em direção à rua. Apanhar-me-iam sem dúvida, mas eu acidentalmente fui cair em um fosso entre duas paredes quase encostadas uma na outra, e lá, na cavidade, como em uma caverna, fiquei sentado por algumas horas num tijolo quebrado. Os cavaleiros passaram ao largo de mim, isso eu ouvi. A ruazinha levava ao Dnieper, e eles esquadrinharam longamente o rio, procurando por mim. Pela fenda eu via uma estrela, e por algum motivo, acho que era Marte. Pareceu-me que ela estava entrando em colapso. Foi o primeiro obus que rebentou e cobriu a estrela. E depois as armas estrepitaram e as tropas se bateram a noite inteira por toda Slobodka, enquanto eu ficava lá sentado na toca de tijolo, quieto, pensando sobre meu grau acadêmico, e se aquela mulher tinha morrido ao levar as vergastadas. E quando as coisas se aquietaram e já clareava um pouco, saí da cavidade, sem aguentar mais o suplício: meus pés estavam quase congelados. Slobodka estava morta, tudo silenciava, as estrelas tinham empalidecido. E quando cheguei à ponte, era como se nunca tivesse havido nenhum coronel Leschenko, nem o regimento de cavalaria... Só esterco na estrada suja...

E eu percorri sozinho o caminho inteiro até Kíev e entrei na cidade quando já tinha amanhecido por completo. Fui recepcionado por uma estranha patrulha, que usava uma espécie de gorro com orelhas.

Detiveram-me, pediram os documentos.

Eu disse:

— Sou o médico Iáchvin. Estou fugindo dos partidários de Petliúra. Onde eles estão?

Disseram-me:

— Fugiram durante a noite. Em Kíev há um comitê revolucionário.

Vejo que um dos patrulheiros perscruta-me os olhos, depois acena com a mão, como que compadecido, e diz:

— Pode ir, doutor, para casa.

E eu fui.

* * *

Depois de uma pausa, perguntei a Iáchvin:

— Ele morreu? O senhor o matou ou apenas feriu?

Iáchvin respondeu, sorrindo o seu sorriso esquisito:

— Ah, fique tranquilo. Eu matei. Confie na minha experiência cirúrgica.

Sem dúvida. Ano de 1917. Dr. Bomgard

O MUNDO CREPUSCULAR
DO DOUTOR BOMGARD[1]

Efim Etkind

Mikhail Bulgákov — junto com Marina Tsvetáieva — é um dos escritores russos deste século que durante muito tempo ninguém quis conhecer, nem aqui, nem lá — nem *intra muros* nem *extra muros* da União Soviética —, e a quem, agora, ambos os lados estendem as mãos. Já faz vinte anos que na União Soviética dizem: "ele é nosso e sempre foi nosso", numa tentativa de apagar a apreciação recebida em 1927 pelo autor de *A guarda branca*, quando a *Grande Enciclopédia Soviética* registrou que "a obra de Mikhail Bulgákov posiciona esse autor no flanco da extrema direita da literatura russa contemporânea, fazendo dele o porta-voz artístico dos estratos burgueses mais à direita da nossa sociedade".

Flanco de extrema direita... Círculos da burguesia de direita... Assim foi dito na mais oficial das publicações do partido único. Alguns anos mais tarde, uma fórmula semelhante seria a sua sentença de morte. Mas em 1927 o império burocrático ainda começava a ser estabelecido: Trótski acabara de ser expulso, a autocracia acabara de ser instalada. O

---

[1] Publicado em *Vrêmia i My* (*Nós e o Tempo*), revista das comunidades russas emigradas em Nova York, Jerusalém e Paris, nº 81, 1984, pp. 120-31. Efim Etkind (1918-1999), filólogo e teórico da tradução, foi professor do Instituto Pedagógico Estatal de Leningrado; perseguido por razões políticas, deixou a União Soviética em 1974 e passou a lecionar em diversas universidades da Europa e dos Estados Unidos. O ensaio tem tradução e notas de Danilo Hora. (N. do T.)

autor da *Grande Enciclopédia Soviética* tinha em mente o romance *A guarda branca* e a peça *O apartamento de Zoia*. Enquanto isso, Bulgákov começava a publicar peças jornalísticas no jornal *Vésperas*,[2] de Berlim, e já era o autor do ciclo de narrativas *Anotações de um jovem médico*, impresso de 1924 a 1927 (mas principalmente em 1926, quando foram publicados sete dos nove contos). A *Grande Enciclopédia Soviética* não menciona esse ciclo: ele não tinha nenhuma relação com a política. É comumente aceito que *Anotações de um jovem médico* é obra de um escritor iniciante, uma tentativa saída da pena de um médico de *zemstvo*[3] que está ainda tateando o seu caminho literário... Aquele que ontem era um estudante de medicina reconta causos da sua prática: neles, pela primeira vez vê com os próprios olhos a difteria, o aborto espontâneo, a sífilis, uma menina mutilada por um espadelador que está morrendo de perda de sangue. Na universidade o ensinaram, ofereceram-lhe palestras, demonstraram casos típicos; mas agora esse jovem recém-amadurecido precisa ele mesmo tomar as decisões das quais dependem vidas humanas. E essas decisões, todas as vezes, ele as toma pela primeira vez.

Acredita-se que essas histórias sejam só parcialmente ficcionais, que realmente se trata de "anotações de um jovem médico". Para tal reputação contribui o fato de que, com exceção de uma, todas elas foram impressas numa publicação da área médica: a revista *O Trabalhador da Medicina*.[4] Mas

---

[2] *Nakanune*, jornal fundado em março de 1922 com a intenção de aproximar a União Soviética da comunidade russa emigrada em Berlim. Outros colaboradores frequentes do jornal foram Mikhail Zóschenko, Valentin Katáiev, Serguei Iessiênin e Óssip Mandelstam. (N. do T.)

[3] Sistema de administração regional autônoma que funcionou na Rússia entre 1864 e 1918. (N. do T.)

[4] *Meditsínskii Rabótnik*, um dos mais antigos periódicos dedicados

tudo isso é um mal-entendido. Pela mesma lógica, poderíamos considerar que as *Memórias de um caçador*, de Turguêniev, são escritos de interesse restrito, concebidos para os colegas da caça outonal, ou então que o romance *L'Argent*, de Zola, é um guia para banqueiros iniciantes.

Anotações de um jovem médico é um livro completo de um escritor maduro. É claro que é baseado em material autobiográfico, mas isto não o torna diferente de outras obras de Bulgákov, bem como de outras obras da literatura mundial. A explicação para a sua publicação no periódico *O Trabalhador da Medicina* é simples: imprimir uma prosa como essa, já em 1926, era difícil, quase impossível. Bulgákov fez um primeiro experimento: enviou um conto para a revista *Panorama Vermelho*,[5] mas depois não voltou a tentar. Todo o restante apareceu no *Trabalhador da Medicina*, e todos os contos (exceto "Eu matei") foram divididos em dois, por vezes três números da revista.

Na União Soviética, a impressão de obras "duvidosas" em publicações especializadas é uma forma já testada de contornar a censura. Um dos exemplos mais curiosos é a aparição de poemas dos românticos e parnasianos franceses — Vigny, Musset, Leconte de Lisle, Heredia, Gautier — no almanaque *Campos de Caça* (1960, 1º semestre).[6] Toda a se-

---

aos profissionais da área médica na Rússia, existente ainda nos dias de hoje. Antes e depois do período soviético chamou-se *Meditsínskaia Gazeta* (*Jornal da Medicina*). (N. do T.)

[5] *Krásnaia Panorama*, revista quinzenal que existiu de 1923 a 1930. Em 1925, Bulgákov conseguiu publicar apenas a primeira parte do conto "Garganta de aço". No mesmo ano, a revista havia publicado uma versão reduzida de sua novela *Os ovos fatais*, distribuída nos números 19 a 24. (N. do T.)

[6] *Okhotnitchi Prostory*, almanaque publicado na URSS de 1950 a 1991. (N. do T.)

Posfácio

leção (com tradução de Mark Gordón[7]) constituía uma seção inteira do almanaque, intitulada... "Literatura de caça estrangeira". Esses poetas franceses, à época execrados como burgueses "puramente estetas" e seguidores da "arte pela arte", transformaram-se, nas páginas dessa publicação especializada, em simples retratistas de animais, e por isso inofensivos ao leitor soviético.

É possível que algo parecido tenha se passado com os contos "de médico" de Bulgákov.

Na União Soviética, o ciclo *Anotações de um jovem médico* só foi publicado em livro depois de quarenta anos, na série "Bibliotiéka Ogoniók" (1963) e na coletânea *Izbrannaia proza* (*Prosa reunida*, Moscou, 1966 e 1980), mas não em sua totalidade. Por exemplo, lá não entraram as obras "Exantema estrelado", "Eu matei" e "Morfina".[8] Por qual motivo? Difícil dizer; talvez o primeiro, que aborda uma epidemia de sífilis, parecia pintar a vida rural russa com cores cruéis demais; o segundo é sanguinolento; o terceiro é patológico. Mas entrar em tais conjecturas não faz sentido: é impossível compreender a lógica dos editores soviéticos. O ciclo completo só foi publicado no primeiro tomo das *Obras reunidas* de M. A. Bulgákov editadas por Ellendea Proffer em 1982, pela editora norte-americana Ardis.[9]

---

[7] Mark Zakhárovitch Gordón (1911-1997), poeta, tradutor e bibliófilo judeu-russo. (N. do T.)

[8] O conto "Exantema estrelado" também não entrou na edição da "Bibliotiéka Ogoniók"; nessa edição, ainda, a data dos eventos foi trocada de 1917 para 1916. (N. do T.)

[9] *Sobránie sotchiniénii* (*Obras reunidas*) foi a primeira edição da obra completa de Mikhail Bulgákov, publicada em oito tomos de 1982 a 1990. A Ardis Publishing foi fundada em 1971 na cidade de Ann Arbor, no Michigan, pelos eslavistas Carl e Ellendea Proffer, e notabilizou-se por publicar, em inglês, mas principalmente em russo, vários autores censurados na União Soviética. (N. do T.)

Nessa edição, os contos estão dispostos numa sequência diferente daquela publicada no *Trabalhador da Medicina*. A editora explica: "Tomamos a sequência dos contos de *Anotações de um jovem médico* de acordo com a sua cronologia interna, de forma que sejam lidos quase como uma autobiografia, o que, em grande medida, eles são". Talvez até sejam. No entanto, a ordem em que o autor imprimiu os seus contos traz uma lógica própria, uma outra causalidade, que não é autobiográfica, e diferentes efeitos artísticos. Ao publicar os contos de acordo com o tempo cronológico, a editora se atém ao enredo — na crença de que a intenção do autor é contar tudo em sequência: assim, em novembro de 1917, ele chega ao hospital de Múrievo e no mesmo dia faz uma cirurgia praticamente irremediável ("A toalha com um galo"); depois dessa cirurgia, fica famoso e passa a receber cem pacientes por dia ("Tempestade de neve"); então, no conto "Garganta de aço" aparece a data de 29 de novembro e, em "A praga das trevas", 17 de dezembro...

O tempo se move para a frente. Mas era isso que o autor queria? No *Trabalhador da Medicina* apareceu primeiro "Tempestade de neve" e "A praga das trevas", depois "Exantema estrelado", e só depois desses três contos vem "A toalha com um galo", onde o leitor retorna ao início do enredo: a chegada do jovem médico ao hospital. É possível assumir que essa inversão do tempo foi concebida por Bulgákov, e que, ao eliminá-la e enfileirar os acontecimentos, a editora alterou a trama, substituindo-a por um enredo. (Basta imaginar um rearranjo em ordem cronológica das partes de *Herói do nosso tempo*, de Liérmontov!) Se o ciclo é aberto com "A toalha com um galo", então o que está no centro de tudo é um narrador que dá início à sua prática médica na quieta e erma cidade de Múrievo. Mas se imaginarmos que o ciclo começa com "Tempestade de neve", então o ponto de partida é a própria Rússia; esse conto tem uma epígrafe de

Púchkin: "Às vezes uiva como fera,/ Às vezes chora como be-bê", e no próprio texto há ecos constantes de Púchkin:

"— Será possível que o senhor perdeu a estra-da? — minha espinha gelou.

— Que estrada? — retrucou o cocheiro, com voz aflita. — Para nós agora a estrada é esse mun-do branco todo aí. Nos desviamos e não foi pou-co... Já estamos andando faz quatro horas, mas pa-ra onde... Que se pode fazer..." (pp. 69-70)

Neste diálogo com o cocheiro, pode-se ouvir ecos do conto "Nevasca", e de "A filha do capitão". E também do poema "Demônios":

— Eia, cocheiro, partamos!
— Agora, patrão, não tem como,
É pesado demais pros cavalos
A nevasca me entra nos olhos,
Toda a estrada já foi soterrada.
Por Deus, não se vê um palmo.
Não entendo... Que quer que eu faça?...[10]

De Púchkin a Blok, a tempestade de neve é o mais tra-dicional símbolo da Rússia revolucionária.

A borrasca, a nevasca e a tempestade de neve são metá-foras constantes no romance *A guarda branca*. Logo no iní-cio, é possível captar um eco da epígrafe puchkiniana na des-crição do destino dos Turbin:

"A vida deu cabo delas ainda em sua aurora.

---

[10] "Biêssy", poema de Púchkin escrito em 1829. (N. do T.)

Há muito começara aquela vingança nórdica, soprando sem cessar, e quanto mais longe, pior. [...] No norte, uiva cada vez mais alto a nevasca, e aqui, sob os nossos pés, o ventre da terra ecoa o seu ronco surdo..."[11]

Isso foi publicado em 1925. Um ano depois, o conto "Tempestade de neve" continua a desenvolver essas metáforas: nesse sentido, este poderia ser o primeiro conto do ciclo, o começo de um novo livro que dá sequência a *A guarda branca*.

Bulgákov fez de tudo para desvencilhar a sua pessoa do narrador das *Anotações de um jovem médico*: seu nome é Vladímir Mikháilovitch Bomgard, o dia do seu aniversário é 17 de dezembro (e não 3 de maio), ele é solteiro (diferente do autor) e fisicamente não se parece com Bulgákov; nas duas últimas narrativas, o autor afasta de si os acontecimentos ainda mais: primeiro o doutor Bomgard publica a carta e o diário que lhe deixou o falecido doutor Poliakov, depois reconta a história do doutor Iáchvin. Chegou-nos alguma informação sobre o próprio Bulgákov já ter sido viciado em morfina, mas teria esse fato biográfico alguma relação com a intenção estética do escritor? Deve-se conhecer em detalhes a vida do autor estudado, mas não se pode colocar a biografia acima da criação, não se pode colocar os fatos da vida, ocasionalmente descobertos, acima da intenção do artista.

Em seu prefácio à prosa de Bulgákov, Konstantin Símonov insiste que o autor pertence "ao grande conjunto que, em sua totalidade, é chamado literatura soviética".[12] Cinco

---

[11] *Biélaia gvárdiia*, Moscou, Ladomir, 2015, p. 11. (N. do T.)

[12] Kontantin Símonov, "Sobre três romances de Mikhail Bulgákov", em Mikhail Bulgákov, *A guarda branca, Romance teatral e O mestre e Margarida*, Moscou, Khudojestvennaia Literatura, 1973, p. 10.

anos antes, em 1968, Vladímir Lakchín fez uma alusão sarcástica aos críticos que não conseguiam encontrar lugar para Bulgákov em seus cursos e apostilas, "assim como, pouco tempo atrás, não havia lugar para Iessiênin, Bábel ou Tsvetáieva".[13] Muito escreveu-se sobre Bulgákov nos últimos anos, mas as palavras de Lakchín não deixam de ser justas.

Anotações de um jovem médico é drasticamente diferente das obras que constituem a "literatura soviética" dos anos 1920, e mais ainda a dos anos 1930. A principal propriedade dessa literatura é o monopólio do tema do conflito social. O homem não existe fora da sociedade, na qual o conflito de classes opera sem nunca cessar, assumindo variadas formas e semblantes: o que constitui as tramas é o confronto dos *kulaki* com os *batraki*,[14] ou dos brancos com os vermelhos, ou dos senhores de terra com os servos, ou então, simplesmente, dos ricos com os pobres, ou dos agentes da Europa Ocidental (espiões, sabotadores) com os vigilantes cidadãos soviéticos. Com base nesse conflito foram construídos os romances, as novelas e as peças de Górki, Cholokhov, Fadêiev, Fiédin, Pilniák, Leonov, Pogodin, Lavrieniov, Katáiev, Oliécha, e até de poetas, como Maiakóvski, Tíkhonov, Sielvínski, Pasternak, Iessiênin, Bagritski... Contra esse pano de fundo, a prosa de Bulgákov — a despeito de toda a modéstia e discrição das *Anotações de um jovem médico* — assume um aspecto desafiador.

O doutor Bomgard chega ao hospital de Múrievo em 17 de setembro de 1917. Passados dois meses, em 29 de novembro, faz uma traqueotomia na pequena Lidka, que sufoca em

---

[13] Vladímir Lakchín, "O romance *O mestre e Margarida*, de Bulgákov", *Novii Mir*, 1968, nº 6, p. 284.

[14] Na URSS, eram chamados de *kulaki* os camponeses prósperos que empregavam mão de obra assalariada. O termo *batraki* refere-se a qualquer tipo de trabalhador rural contratado. (N. do T.)

decorrência de uma difteria. Em 17 de dezembro, ele celebra seu aniversário prescrevendo quinino a um moleiro doente de malária. E o que houve nesse meio-tempo? Não houve nada; nem o jovem doutor nem os mujiques que vieram até ele perceberam a grande Revolução. Não, ela não teve importância em comparação aos tormentos dos doentes e às amargas experiências do médico que procura ajudá-los, fadado à solidão, ao fracasso e ao assassinato involuntário. As descrições que Bulgákov faz dos pacientes são cruéis e difíceis de esquecer, embora seus detalhes mais sórdidos e sangrentos não causem repulsa ao leitor:

> "Olhei, e o que vi estava muito além do que eu esperava. A perna esquerda, a bem dizer, não existia. Começando no joelho esmigalhado, jaziam farrapos sangrentos, músculos vermelhos amassados, e brancos ossos esmagados despontavam, agudos, em todas as direções." ("A toalha com um galo", p. 27)

Ou então, o jovem doutor está tentando sentir o pulso da paciente e é tomado por uma alegria incomparável ao encontrar "uma ondinha rara":

> "Passou... depois houve uma pausa, durante a qual consegui dar uma olhada nas narinas azuladas e nos lábios pálidos... Já estava quase dizendo: acabou... mas felizmente me contive... Mais uma vez passou a onda, como um fiozinho." ("A toalha com um galo", p. 28)

Esse fiozinho é mais importante que qualquer outra coisa no mundo; foi justamente ele que abafou o estrondo da Revolução. Nós seguimos detalhadamente cada uma das operações do doutor Bomgard, vendo-as pelos olhos ingênuos de um médico iniciante: para nós, leitores, o mérito do doutor é o de que ele vê tudo pela primeira vez, frequentemente não compreendendo, não reconhecendo o que vê, não conseguindo aliar o conhecimento teórico, obtido na universidade, àquela realidade sem precedentes.

> "Deitaram-na despida na mesa, lavaram a garganta dela, besuntaram com iodo, e eu peguei o bisturi, enquanto pensava: 'O que estou fazendo?!'. Peguei o bisturi e tracei uma linha vertical na garganta branca e rechonchuda. Nem uma gota de sangue saiu. Tracei uma segunda vez com o bisturi a listinha branca que surgia no meio da pele que se abrira. De novo, nada de sangue. Lentamente, tentando me lembrar de algum dos desenhos do compêndio, comecei a separar os tecidos fininhos com ajuda da sonda acanalada. E então, de algum lugar por baixo da incisão, começou a jorrar um sangue escuro, que instantaneamente a inundou e escorreu pelo pescoço." ("Garganta de aço", p. 53)

O poder das impressões evocadas pela descrição de Bulgákov deriva, em particular, do frescor do olhar desse cirurgião inexperiente, da sua ignorância acerca dos resultados das próprias ações e da sua invariável surpresa com o sucesso das próprias técnicas, sucesso que nem ele sabe de onde vem. Cada um dos contos médicos de Bulgákov poderia servir de ilustração à posição tomada por Viktor Chklóvski ao formular a essência da arte verbal partindo da prosa de Lev Tolstói:

> "Ele não chama as coisas pelos seus nomes, mas descreve-as como se as visse pela primeira vez,

e os incidentes, como se ocorressem pela primeira vez; e ao descrever as coisas não usa os nomes já aceitos de suas partes, mas chama-os pelos nomes de partes correspondentes de outras coisas."[15]

Eis como o jovem médico narra a primeira vez em que teve de arrancar um dente:

> "Lembro muito bem também do dente cariado, forte e colossal, solidamente cravado no maxilar. Apertando os olhos com uma expressão sábia e soltando grasnidos de preocupação, coloquei as pinças no dente [...]. Ouviu-se um estalo na boca e o soldado uivou prontamente: 'Oho-o!'.
>
> Depois disso, cessou a resistência sob a minha mão e as pinças saltaram da boca ainda apertando um objeto branco e ensanguentado. Aí o meu coração paralisou de medo, porque o objeto ultrapassava em volume qualquer dente, mesmo o molar de um soldado. De início não entendi nada, mas depois por pouco não me pus a soluçar: nas pinças, é verdade, sobressaía um dente com raízes bem longas, mas do dente pendia um enorme pedaço de osso, irregular, vividamente branco.
>
> 'Quebrei o maxilar dele', pensei, e as minhas pernas fraquejaram..." ("O olho desaparecido", pp. 96-7)

Ou a descrição de um suicida que enfiou uma bala no peito:

---

[15] Viktor Chklóvski, "A arte como procedimento", em *Poética: coletânea sobre a teoria da linguagem poética*, Petrogrado, 1919, p. 106.

Posfácio

"As minhas mãos, as mãos da auxiliar de enfermagem e as mãos de Mária Vlassiêvna começaram a percorrer o corpo de Poliakov com rapidez, e uma gaze branca com manchas vermelhas amareladas saiu de baixo do casaco dele. Seu peito subia e descia fracamente. Senti o pulso e tremi: o pulso desaparecia sob os meus dedos, arrastava-se e nivelava-se num fiozinho com pequenos nós, frequentes e pouco duradouros. A mão do cirurgião já alcançava o ombro do paciente, segurava-o entre os dedos para injetar cânfora naquele corpo pálido. Nesse momento, o ferido descolou os lábios, fazendo surgir neles uma listinha de sangue cor-de-rosa, mexeu levemente os lábios azuis [...]. Sombras violeta, acinzentadas, como as do ocaso, foram colorindo cada vez mais vividamente as cavidades ao lado das narinas, e, nas sombras, brotava feito orvalho um suor miúdo, tal qual bolinhas de mercúrio." ("Morfina", pp. 139-40)

Nas *Anotações de um jovem médico* tem lugar uma renovação da realidade por meio da incompreensão dos seus mecanismos. A descrição de como, junto com o dente, foi quebrado também algum objeto branco é intensa e dramática, uma vez que o dentista, que é o próprio autor, não sabe exatamente o que acabou de fazer e sente medo e remorso, considerando a si mesmo um criminoso.

Bulgákov persegue tênues discrepâncias entre as várias camadas do "homem interior", as quais se revelam em conflitos ora entre o raciocínio e o sentimento, ora entre o pensamento e a fala, ora entre a realidade e o sonho. Frequentemente o narrador fica espantado ao perceber uma voz que surge de dentro, que murmura palavras que lhe são inesperadas, que contradiz o que parecem ser os seus pensamentos e as suas intenções. Esses diálogos interiores podem ser encontrados nas *Anotações*, e por vezes são predominantes; por exemplo, no conto "A toalha com um galo", em que a "ação interna" ocupa muito mais espaço do que a externa, que já é extremamente intensa. Irei me aprofundar apenas em três episódios dessa "ação interna".

O jovem médico chega ao pátio do hospital de Múrievo e olha para a sua futura residência; de repente ele pronuncia, espantado, uma citação que surge em sua memória, independentemente da sua vontade:

> "E, naquele momento, em vez de palavras latinas, passou-me vagamente pela cabeça uma frase doce, cantada, no meu cérebro, tonto devido ao frio e às sacudidas, por um tenor gordo de calças azul-claras:
> '... Olá... refú-gio sa-grado...'" ("A toalha com um galo", pp. 18-9)

Segue-se um diálogo interno, no qual alternam-se pensamentos sobre um casaco de peles, uma pernoite em Grabílovka, a lenta viagem, a chuva, a paisagem. Então há o primeiro contato do médico com o hospital e sua equipe, seguido de uma longa reflexão sobre o sentido da expressão "sentir-se em casa":

> "Além de fogo, o ser humano também precisa sentir-se em casa." (p. ??)

O médico olha os compêndios e manuais e fica contente com o que vê:

> "A noite seguia, e eu ia me sentindo em casa.
> 'Não tenho culpa de nada', pensei, com aflição

e teimosia. 'Tenho um diploma, fechei as médias com quinze notas "cinco". Avisei, quando ainda estava na cidade grande, que queria trabalhar como médico adjunto. Não. Sorriram e disseram: "Você vai se sentir em casa". Sinta-se em casa você! E se vierem com uma hérnia? Expliquem, como é que vou me sentir em casa com ela? E em especial, como é que vai se sentir o doente cuja hérnia eu tenho nas mãos? Vai se sentir em casa no outro mundo (nesse momento um calafrio me perpassou a espinha)...'" (p. 23)

Em ambas as passagens o diálogo ocorre por causa do surgimento involuntário de uma citação: um verso de uma ópera e a expressão "sentir-se em casa", usada por alguém na universidade. Mais à frente, o diálogo se materializa, torna-se completamente inteligível: o narrador conversa consigo mesmo, avalia ou condena a si mesmo, dentro dele surge uma espécie de "voz severa", que caçoa do jovem esculápio; acontece que essa não é bem a voz do Medo, ou do Cansaço, tampouco um produto do sonho. Todo esse episódio merece ser citado; ele é característico do interesse que Bulgákov alimenta, cada vez mais, pelos processos irracionais que fluem no "homem interior":

"Em melancolia e no crepúsculo eu passeava pelo gabinete. Quando alcancei a lâmpada, vi meu rosto pálido surgir momentaneamente na treva sem limites dos campos, junto às chamas refletidas na janela.

'Pareço o Falso Dmitri', pensei de repente, estupidamente, e me sentei de novo à mesa.

Torturei-me na solidão por duas horas, e torturei-me até os meus nervos não suportarem mais os medos criados por mim. Então comecei a me acalmar e até a fazer alguns planos.

Vejamos... O número de consultas, dizem, agora é insignificante. Estão malhando o linho nas aldeias, as estradas estão intransitáveis... 'Por isso mesmo te trarão uma hérnia', deixou escapar uma voz severa no meu cérebro, 'porque, quando as estradas estão intransitáveis, quem pega um resfriado (uma doença simples) não vem, mas uma hérnia forçosamente trarão, pode ficar tranquilo, querido colega doutor.'

Aquela voz não era nada burra, não é verdade? Estremeci.

'Silêncio', disse para a voz, 'não necessariamente uma hérnia. Que tal uma neurastenia? Quem inventa aguenta.'

'Quem fala sustenta', replicou sarcasticamente a voz.

Vejamos... não vou me separar do guia... Se tiver que receitar alguma coisa, posso pensar enquanto lavo as mãos. O guia ficará aberto bem em cima do livro de prontuário. Darei receitas úteis, mas simples. Bem, por exemplo, ácido salicílico três vezes ao dia, 0,5 por dose...

'Dá para receitar bicarbonato de sódio!', replicou o meu interlocutor interior, obviamente escarnecendo.

O que o bicarbonato de sódio tem a ver com isso? Se quiser, receitarei até infusão de ipecacuanha... em 180 ml. Ou em 200. Com licença.

E então, embora ninguém exigisse ipecacuanha de mim, na solidão junto à lâmpada folheei covardemente o manual de receitas, cheguei a ipecacuanha, e até li de passagem que havia no mundo uma tal de 'insipina'. Não passava de 'sulfato de éter de ácido diglicólico de quinina'... Ao que parece, não tem gosto de quinino. Mas para que serve? E como receitá-la? O que ela é, um pó? Que o diabo a carregue!

'Insipina é insipina, mas como é que vai ser com a hérnia, afinal?', importunou teimosamente o medo em forma de voz.

'Mandarei o paciente tomar um banho de banheira', defendi-me, exasperado, 'um banho. E tentarei pôr de volta no lugar.'

'Uma hérnia estrangulada, meu anjo! Para o inferno com os banhos aqui! Uma estrangulada', o medo cantou com voz de demônio, 'tem que cortar...'

Então eu desisti e por pouco não chorei. E dirigi uma prece às trevas além da janela: tudo o que quiserem, menos uma hérnia estrangulada. E o cansaço cantarolou:

'Vá dormir, esculápio infeliz. Durma bem, e de manhã tudo estará visível. Acalme-se, jovem neurastênico. Olhe: as trevas além da janela estão quietas, os campos congelados dormem, não há nenhuma hérnia. E de manhã as coisas estarão visíveis. Durma... Largue o compêndio... Você não vai entender nada agora, de qualquer forma. Anel herniário...'" (pp. 23-5)

O princípio do espanto máximo quando face a face com o mundo tornado estranho, seja ele interior ou exterior, é o fundamento das *Anotações de um jovem médico*, e é aprofundado pelas premissas do enredo, o que costuma ser muito importante na obra de Bulgákov. Nem é preciso dizer que é essa a essência estilística da novela grotesca *Um coração de cachorro*. Nela, o mundo todo é visto pelos olhos de um vira-lata faminto que, ao notar um certo cidadão de casaco, pensa:

> "Um cheiro me rejuvenesceu, reanimou minha barriga, apertando o bucho vazio há dois dias, um cheiro que suplantou o de hospital, o cheiro paradisíaco de picadinho de cavalo com alho e pimenta. Sinto, sei, que no bolso direito deste casaco forrado de pele tem um salame. Ele vai tropeçar em mim. Oh, meu senhor! Olhe para mim, estou morrendo! Nossa alma é servil, infame o nosso fardo!..."[16]

Depois, o cão Chárik se transformará no camarada Chárikov, mas irá manter o seu modo canino de olhar para o mundo e para a sociedade. Mais um exemplo: o modo peculiarmente satânico de olhar para Moscou e os moscovitas que têm Woland e os seus ajudantes em *O mestre e Margarida*. No entanto, esse já é um outro tópico, muitíssimo extenso: os diferentes tipos e níveis de estranhamento na prosa de Bulgákov, uma prosa certamente inovadora, embora possa parecer tradicionalista.[17]

O doutor Bomgard perdeu a Revolução e não se deu conta da Guerra Civil: havia preocupações muito mais urgentes. Bulgákov também escreveu sobre as reviravoltas sociais do seu tempo, mas essas páginas costumam ter um caráter humorístico ou grotesco — assim são as peças jornalís-

---

[16] Em *Um coração de cachorro e outras novelas*, São Paulo, Edusp, 2010, p. 151, tradução de Homero Freitas de Andrade. (N. do T.)

[17] "Bulgákov não inventa uma prosa nova, mas estuda a antiga com afinco" — Lev Lôssiev, *Anotações nos punhos, o primeiro livro de Mikhail Bulgákov*, Nova York, 1981, p. 16.

ticas do *Vésperas* e de outros periódicos, assim são os capítulos sobre a dona de casa Vassilissa em *A guarda branca*, e assim é a novela *Um coração de cachorro*.

O romance *O mestre e Margarida* se constrói na contraposição entre o eterno e o efêmero; daí os seus capítulos irônico-grotescos sobre a sociedade e suas diabruras, sobre a farsa moscovita, com seus apartamentos comunitários e suas mesquinhas paixões de ganância, e daí os capítulos sublimes, cheios de *páthos*, sobre o eterno, sobre o Bem, que Ieshua ha-Notzri trouxe consigo a Jerusalém. Relacionar-se de modo sério e profundamente dramático consigo mesmo não cabe ao homem social, cujas paixões são efêmeras e transitórias, mas sim ao homem fisiológico e psicológico, que pertence à natureza e, por meio dela, à eternidade. V. Lakchín nota, com muita sagacidade, que há duas "testemunhas silenciosas" que estão sempre presentes em *O mestre e Margarida*: "a luz do Sol e a luz da Lua, a inundar as páginas do livro", e isso, na opinião dele, "não é simplesmente o mais espetacular aparato de iluminação para um cenário histórico, mas algo que funciona como escalas de eternidade... Marcam os elos que ligam o tempo, a unidade da história dos homens".[18] Essa é a chave para a poética de Bulgákov, em cuja obra o mesmo Lakchín enxerga "um interesse especialmente aguçado por questões relacionadas a escolhas morais, a responsabilidades pessoais",[19] e sumariza: "a vitória da arte sobre o pó, sobre o horror diante de um final inescapável, sobre a própria temporalidade e sobre a brevidade da existência humana".[20] Devo acrescentar algo que Lakchín, mes-

[18] "O romance *O mestre e Margarida*, de Bulgákov", *Novii Mir*, 1968, n° 6, p. 288.

[19] *Idem*, pp. 310-1.

[20] *Ibidem*. Ver também a resposta de V. Lakchín a M. Gus em *Novii Mir*, 1968, n° 12, pp. 262-5.

mo escrevendo já em 1968, não pôde dizer: a predominância dos problemas universais — fisiológicos e morais — sobre os sociais, do eterno sobre o perecível. É esse o significado das linhas cheias de *páthos* que fecham o romance *A guarda branca*, escritas numa época que precede imediatamente as *Anotações de um jovem médico*:

> "Tudo passará. O sofrimento, o tormento, o sangue, a fome e a pestilência. A espada há de desaparecer, mas as estrelas permanecerão ainda quando os nossos corpos e feitos já não deixarem sombra sobre a terra. Não existe uma única pessoa que não saiba disso. Por que, então, não voltamos os nossos olhos a elas? Por quê?"[21]

---

[21] *Biélaia gvárdiia*, Moscou, Ladomir, 2015, p. 257. (N. do T.)

SOBRE O AUTOR

Mikhail Afanássievitch Bulgákov nasceu em Kíev, na Ucrânia, em 1891, filho de um teólogo e uma professora de piano; seus dois avôs eram padres ortodoxos. Formou-se em medicina, tendo sido voluntário da Cruz Vermelha durante a Primeira Guerra Mundial. Era a favor de uma monarquia constitucionalista, em oposição ao regime autocrático russo, e, durante a Guerra Civil que se seguiu à Revolução de Outubro, lutou ao lado dos brancos contra os bolcheviques. Nos anos 1920, sob influência de Gógol e H. G. Wells, escreveu contos e novelas satirizando a Nova Política Econômica (NEP), além de algumas peças de teatro, nenhuma das quais recebeu autorização para ser montada. A esta leva pertence a novela *Os ovos fatais*, publicada na coletânea *Diabolíada* (1925), que chegou a receber algumas resenhas favoráveis mas foi logo retirada de circulação, e também a novela *Um coração de cachorro*, rejeitada pela censura no mesmo ano. Nos anos 1920 publica o ciclo de contos *Anotações de um jovem médico*, de teor autobiográfico, nos periódicos *O Trabalhador da Medicina* e *Panorama Vermelho*.

Foi como dramaturgo, no entanto, que Bulgákov primeiro alcançou a fama, quando o Teatro de Arte de Moscou (TAM) o convidou a adaptar para os palcos seu romance *A guarda branca*, cuja publicação serializada no jornal *Rossia* fora interrompida com o fechamento do periódico. Crônica detalhada de Kíev durante a Guerra Civil, repleto de elementos autobiográficos e personalidades reais, o texto foi montado em 1926 com o título *Os dias dos Turbin*. Seu sucesso atraiu os olhares da crítica militante, que a rotulou de reacionária. Segundo o olhar da crítica vigente, as encenações posteriores apenas confirmam tal acusação: no mesmo ano, *O apartamento de Zoia*, uma sátira à NEP, entra em cartaz no Teatro Vakhtángov e se espalha por vários teatros menores, apenas para ser retirada logo em seguida; em 1928 uma outra sátira, de vida igualmente breve, entra em cartaz no Teatro Kámierni: *A ilha púrpura*, desta vez uma paródia da censura soviética. Em 1930, impedido de publicar e excluído do meio literário, Bulgákov queimou todos os seus manuscritos e escreveu uma carta ao governo soviético pedindo permissão para deixar o país. Stálin, admirador de *Os dias dos Turbin*, arranjou-lhe um emprego como diretor assistente no TAM, onde, entre outras coisas, Bulgákov adaptou para os palcos clássicos como *Almas mortas* e *Guerra e paz*, escreveu uma peça sobre a vida de Molière e chegou a trabalhar em roteiros para cinema. Em 1939 entregou sua última peça, *Batum*, sobre a juventude de Stálin, que foi rejeitada pelo próprio ditador.

Morreu em 1940, em Moscou, tendo trabalhado até seus últimos dias em *O mestre e Margarida*, seu romance-testamento, traduzido para diversas línguas no final dos anos 1960 e publicado na Rússia apenas em 1973. Hoje considerado um dos maiores romances do século XX, *O mestre e Margarida* ganhou várias adaptações para o cinema, teatro, peças de rádio, espetáculos de dança e ópera, além de ter alcançado grande repercussão na cultura pop. Em 2012 a série de contos *Anotações de um jovem médico* também ganhou uma adaptação, dessa vez para uma série inglesa de TV, estrelando Daniel Radcliffe e Jon Hamm.

SOBRE A TRADUTORA

Érika Batista nasceu em São Paulo em 1991. É autodidata em língua russa, com certificação de proficiência pela Universidade de São Petersburgo. Idealizou e desenvolve desde 2012 o projeto Literatura Russa para Brasileiros, que visa a divulgação e a difusão, na internet, da literatura russa traduzida para o português. Tem formação acadêmica na área jurídica, trabalha com tradução e escreve prosa e poesia. Além de traduzir *Anotações de um jovem médico e outras narrativas*, de Mikhail Bulgákov (Editora 34, 2020), e a coletânea *Camelinhos celestes*, da poeta, prosadora e artista russa Elena Guró (1877-1913) (Feminas, no prelo), publicou o livro de poemas *Estado da corda sol quando se exagera na tensão* (Ipêamarelo, 2020).

ESTE LIVRO FOI COMPOSTO EM SABON,
PELA BRACHER & MALTA, COM CTP DA
NEW PRINT E IMPRESSÃO DA GRAPHIUM
EM PAPEL PÓLEN SOFT 80 G/M² DA CIA.
SUZANO DE PAPEL E CELULOSE PARA A
EDITORA 34, EM MAIO DE 2022.